まぼろしを織る

ほしおさなえ

ポプラ社

まぼろしを織る

ほしおさなえ

装　　丁／須田杏菜　表紙写真／桑島薫
写真協力／hikariwomatou 光をまとう

まぼろしを織る

序章

朝が来る。

とりあえず、生きてる。

持病があるわけでもなく、まだ二十代。事故や災害がなければ、自分で死を選ばないかぎりたいてい次の朝をむかえられる、いや、むかえてしまう。

死を選ぶには気力が必要だ。身体は死ぬことを拒むものだ。いまのわたしには抵抗する身体をねじ伏せて死に向かうだけの気力はない。

波はだいぶ前に引いた。いまはおだやかな浅瀬にいる。

生きる意味なんてもうどこにもない気がするのに、次の朝をむかえてしまう。

身体を起こし、なぜ生きているのかわからないこの身体を生かし続けるために働きに出る。

そうやって一日を過ごす。特別悪いことはない。いいこともない。そんな一日を過ごし、これがいつまで続くのだろう、と考えながら目を閉じる。そうしてまた次の朝をむかえる。

そうやって生きている。

一章　夜叉五倍子

1

がちゃがちゃと鍵がまわる音がした。

「ただいま」

迎えに出ると、日差しの降り注ぐ玄関に伊予子《いよこ》さんが立っていた。

今日は祖母・城倉《しろくら》志満子《しまこ》の七回忌法要だった。もう七回忌だから黒い着物ではなく、グレーの色無地を着ている。

祖母は染織家《せんしょくか》だった。叔母の伊予子さんも若いころから祖母を手伝い、いまも染織の仕事を続けている。

伊予子さんが居間にはいってきて、テーブルの前の椅子にバッグと紙袋を置く。おかえりなさい、と言いながら紙袋をのぞくと、和菓子の箱のようなものがはいっていた。

「それ、最中《もなか》だって。多佳子《たかこ》姉さんがわざわざ銀座《ぎんざ》の有名なお店に買いに行ったみたいで。せっかくだから、お茶を淹れていただこうか」

伊予子さんが言った。

「じゃあ、お湯を沸かします」

わたしがやかんを火にかけると、伊予子さんは着替えてくる、と言って、自分の部屋にはいった。沸いたお湯を湯冷《ゆざま》しに注ぎ、急須《きゆうす》にお茶の葉を入れる。

わたしの母は三人姉妹だった。いちばん上が多佳子さん。二番目がわたしの母の珠美子《すみこ》。そして、三番目が伊予子さんである。

多佳子さんは染織に明け暮れる祖母が気に入らず、といって反抗することもなく、しっかりした家の生まれのエリートサラリーマンと結婚するという実に真っ当な方法でこの家を出ていった。結婚相手の忠彦《ただひこ》さんも長男で、義理の両親と同居することになった。

母は派手で人目を引く美人だった。お嬢さま学校と称される私立の女子校に通い、はなやかなことで有名な女子短大に進んだ。常に流行りの服を着て、ファッション誌の読者モデルのバイトをしていたこともあったらしい。

短大在学中に広告代理店に勤める父と出会い、つきあうようになった。父はブランドもので身を固め、高級外車を乗りまわしているような人で、祖母や多佳子さんからは浪費癖がある人だからと猛反対されたのに、母はどうしてもと言って、短大を出てすぐに結婚した。

あのころはなんでもいいからあの家を出たかったのよ。母はいつだったかそう言っていた。

祖母も多佳子さんも納得できずにいたようだが、母はなにを言っても聞かなかったのだそうだ。披露宴は豪華なもので、父の仕事の縁で有名人も列席した。

だが父は、わたしが五歳のときに突然家を出ていった。母はその後ひとりでわたしを育て、わたしが高校生のときにマンションの階段から落ちて死んだ。

多佳子さんはいまも母のことをよく思っていない。当然わたしとも折り合いが悪い。だからわたしは仕事があるという名目で今日の法要に行かなかった。代わりに数日前にひとりで墓参りはした。祖母に対しては筋を通したつもりだった。

湯冷しから急須にお湯を注いだとき、伊予子さんが戻ってきた。藍《あい》の絣《かすり》に着替えている。

「ああ、いい匂い。法要ってなんでこんなに疲れるのかな」

伊予子さんはしずかに椅子を引き、腰かける。

「いろいろ面倒だから、ってことじゃないですか」

苦笑いしながら答えた。

お茶を飲み、最中をひとくち食べた。皮のぱりんとした食感とともに香ばしい匂いが口のなかに広がり、餡もただ甘いだけでない、ふくらみのある味だった。

「おいしいですね、これ。さすが高級菓子」

「老舗《しにせ》ってだけのことはあるわね」

伊予子さんは気が抜けたようにうなずき、しばらくふたりとも無言で最中を食べた。

「あのね、槐《えんじゅ》さん」

最中を食べ終わり、お茶をひとくち飲んだあと、伊予子さんがわたしをじっと見た。

「槐さんにも関係があることなんだけど……」

伊予子さんが口ごもる。

「この家にもうひとり同居人が増えるのって、槐さんはどう思う？」

「同居人？」

まったく予想もしていなかった話で、一瞬意味がわからなかった。

「そう。綸《りん》なんだけど」

「綸が？　事故にあったって聞きましたけど、もう大丈夫なんですか」

綸というのは、多佳子さんの息子、つまりわたしのいとこである。

多佳子さんにはふたり息子がいる。長男の聡《さとし》はわたしのふたつ上で、成績優秀で数年前に大企業に就職した。綸はわたしより五歳年下の大学四年生。内向的な性格で、成績もいまひとつ。両親も持て余し、子どものころはよくこの家に預けられていたと聞いた。

その綸が、今年の春に事故にあった。しかも、街中で飛び降りに巻きこまれるというめずらしい事故で、新聞やニュースにも取りあげられた。報道規制なのか、綸はもちろん飛び降りた女性についても身元は報じられなかったが、伊予子さんから画家だったらしいと聞いた。

その事故で、綸は肋骨を含む何本かの骨を折り、内臓にも損傷があった。すぐに病院に運ばれ、命は助かったがなかなか意識が戻らなかった。意識が回復したのは二週間近く経ってからで、その後一ヶ月入院が続いた。

女性の方は病院に運ばれたのち死亡。遺書もなく、自殺か事故かわからなかったらしい。女性の遺族から綸の家に相当な額の見舞金が出たため、裁判沙汰にはならなかったようだ。

「傷は完治して、後遺症もないみたい。今日の法要にも来てたんだけど、少しのあいだうちに住むことになるかもしれなくて……」

「どういうことですか？」

なぜそうなるのかがさっぱりわからず、思わず訊き返す。

「綸も若い男の子だからね。住むのは離れだから、そんなに顔を合わせることはないと思うんだけど、お風呂はこっちのお風呂を使ってもらうことになるだろうし、夕食くらいはいっしょにとることになるかもしれない。槐さんは若い女性だから気になるかなあ、って」

頭が整理できないでいるうちに、伊予子さんはどんどん話を続けている。

「ええっと、それより……」

わたしの都合うんぬんより、そもそもどうしてそういうことになったのか、理由の方を知りたかった。

「綸がここに住むことについては、伊予子さんがそう決めたなら、わたしに反対する権利はないんですけど、どうしてそういう話になったんですか？　今日の法要で出た話なんですか？」

「まあ、ちょっと込みいった話でね。綸は身体の方は無事に治ったんだけど、退院してからも大学には行ってないみたいで。それでなんていうか、家のなかでいろいろあって」

伊予子さんによれば、事故にあったのが春だったため、綸は就職活動の機会を失ってしまったらしい。退院してからも大学は休学のまま。父親の忠彦さんは大学に復学して卒業することを望んでいるが、夏休みが明けても大学に行く気配がない。

「綸は小さいころから母さんになついてたのよね」

「ええ、この家に預けられることも多かったとか」

「そう。それで、わたしが面倒を見ることもよくあったわけ。聡は子どものころから成績も優秀だったけど、綸の方は少し言葉も遅くて、学校でもあまりうまくいってなかったから、家ではちょっと厄介者みたいな扱いになっちゃってて」

「ええ、それも知ってます」

「けどね、決して頭が悪いわけじゃないんだよ。機《はた》織りにも興味を持って、自分でもやりたがって。男の子は細かい作業なんて落ち着いてできないもんだと思っていたけど、綸はちがってね。母さんの話をじっと聞いて、すごくていねいに織ってた。集中力があって、上達も早くて……」

　話がなかなか進まず、わたしはため息をついた。綸の性格についてはある程度知っている。だが、いま知りたいのはそこじゃない。ここに住むことになる理由だ。

「もともと無口なタイプだったんだけど、事故のあとほとんど口をきかなくなってしまったみたいで。自分の部屋に閉じこもって、大学にも行かない。大学四年で、本来ならもうすぐ卒業して就職、っていうタイミングだったから、忠彦さんも相当苛立ってるらしくて」

「それはたしかに良くないですね」

　話が少し見えてきた。要するに、忠彦さんと綸のあいだのトラブルを避けるため、綸を家から引き離そうということだろう。多佳子さんが伊予子さんに頼みごとをするわけがないから、伊予子さんの方から持ちかけたというところか。

「このままずっと同じ家にいると、どんどん状態が悪くなってしまう気がしたのよね。だからしばらく家を離れて、うちに来たら、って提案したわけ。離れが空いているでしょう？　それにもともと離れは姉さんのものだし」

やっぱり、とため息をつく。気持ちはわかるが、人の家のことだし、それは少々おせっかいなのではないか。しかし、離れが多佳子さんのもの、というのは……？　聞き覚えのない話に首をかしげた。

「多佳子さんのもの？」

「話してなかったっけ？　この家の敷地は相続のとき半分ずつに分けたから。いま月極《つきぎめ》駐車場になってる方は姉さんの敷地で」

この家は昭和期に建てられたもので、建物は古いが敷地はかなり広い。伊予子さんが祖母の仕事を継いでこの家に住み続けることもあって、相続の際、土地を二筆に分けた。

家のある側と建物を伊予子さんが、広い庭のある側を多佳子さんが相続した。庭には、祖母が染め物の材料に使っていた庭木も多くあったようだが、忠彦さんの意見もあって、木を伐採《ばっさい》し、庭の一部を月極駐車場にした。

家の近くに建っている離れと井戸はそのまま残した。井戸はかつては飲用として使っていたもので、その水を飲むことはもうないが、いまも草木染めには使っている。水道水にはカルキが含まれているし、ずっと井戸水を使ってきたから変えたくないらしい。

庭にある離れは祖母が染織の工房として使っていたもので、当時は染織の道具もすべてそちらに置かれていた。それを伊予子さんが、祖母の最後の弟子の茉里《まり》さんとふたりで母家に移した。多佳子さんは染織のことはわからないという理由でなにも手伝わなかった。伊予子さんは、姉さんも別に悪い人じゃなくて、と言うけれど、どうだか、と思う。

　ともかく、そうして離れは空き家となった。ただ、放っておくと家も傷《いた》むし治安にも問題があるからと、伊予子さんは日々掃除をし、あれこれ手を入れている。おかげで建物は古いけれど、いまも人が住めるくらいきれいだ。

「落ち着くまでしばらくうちに来たら、って言ったら、綸もうなずいて。姉さんは最初渋い顔をしてたんだけど、離れのことを話したら、そうね、あそこはもともとうちのものだし、ってなんだか急に納得して、それなら何週間か離れで過ごしたら、って」

　現金な話である。多佳子さんがひどく無責任に思えて、だんだん腹が立ってきた。

「転地療養っていうか、しばらく別の場所に住めば気分も変わるかもしれないでしょう？　お風呂もちゃんとした炊事場《すいじば》もなくてずっと住み続けられるような場所じゃないから、ちょっとのあいだのことだけどね。でも、やっぱり槐さんの気持ちも訊いとかないと、と思って」

「えーと、伊予子さん」

　わたしはできるだけ落ち着いた口調で話そうと、いったん言葉を止め、深呼吸した。

「さっきも言った通り、わたしには伊予子さんが決めたことに異を唱える権利はありません。離れに綸が住むことも、別に抵抗はないです。でも」

息をつき、伊予子さんをじっと見る。

「伊予子さんはちょっと人が好すぎると思うんですよ」

思い切ってそう言うと、伊予子さんは黙ってこっちを見返した。

「多佳子さんも少し無責任なんじゃないかと思います。この家のことだって、面倒なことはすべて伊予子さんに押しつけていたわけでしょう?」

「え、ええ、でも姉さんはもう他家に嫁いで、子どももふたりいるわけで。この家に住んで、母さんの仕事を継いでいるわたしがするのはある意味当然だから……」

たしかに結婚した多佳子さんには家事もあるだろう。しかし、もう子どもたちも成長したし、長く同居していた義母は一昨年亡くなり、認知症が進んだ義父はいまは介護付きの施設に入所していると聞いた。

「でも、息子の世話を伊予子さんにさせるのはどうなんですか? 綸もたいへんな目にあったとは思いますけど、要は引きこもりってことですよね? ほんとうに回復するんですか? 回復せずに、ここにずっと居座ることになるかもしれないんですよ」

「まあ、期間についてはなにも決めてなかったけど……」

「いえ、期間が長引くことが心配ってだけじゃなくて。ここで預かったら、伊予子さんが綸のことに責任を持たなくちゃならなくなるんですよ。回復しなかったとき、伊予子さんのせいにされるかもしれない、ってことです。そんなの、引き受けていいんですか」

そう言ってから、またやってしまった、と思った。むかしから変に潔癖なところがあって、納得がいかないと感じると、言わなくてもいいことまではっきり口にしてしまう。

「たしかにそうかもしれない」

伊予子さんがすうっと息をのむ。

「けどね、だれかがやらなくちゃいけないでしょう？」

低く揺るぎない声だった。

これ以上わたしが踏みこむことではない、と悟った。

「わかりました。伊予子さんがそう言うなら。わたしは別にいいですよ」

そう答えると、伊予子さんは、ありがとう、と言って微笑《ほほえ》んだ。

2

夕方から出勤だったので、わたしはそのあとすぐに身支度をはじめた。この前まで暑いくらいの日が続いていたのに、十月の終わりになって急に冷えこんだ。帰りは遅くなるから、カーディガンだけでは寒いかもしれない。上着を羽織って外に出た。

ひとりで歩くうちに、自然とさっきの話のことを思い返していた。綸が置かれているのが、本人にはどうにもならないくらいまずい状況だというのは想像がつく。飛び降りに巻きこまれ、人の死を間近に見たのだ。赤の他人だとしても、その衝撃から立ち直るのはむずかしい。内向的で繊細な人であればなおさらだ。

父親や兄からしたら、綸の行動は甘えにしか見えないのかもしれない。多佳子さんはたぶん夫にしたがっておけばいいと考えているんだろう。もともと綸は厄介者みたいだし、これ以上わずらわしい思いをしたくないのかもしれない。

だが、なぜ伊予子さんが甥の世話をしなければならないのか。多佳子さんとちがって、伊予子さんは自分で稼いで自分の暮らしを支えている。これ以上面倒なことを背負いこむのは道理に合わない。

綸は織物に興味を持っているようだし、伊予子さんが手を差し伸べたくなるのはわかる。しかしもう大学生なのだ。子どもなら、立ち直ったあと再び親の庇護《ひご》の下に戻ることもできるだろうが、大学四年ともなれば自分の力で生きることを考えなければならない。

倒れかかった人を助けようと思ったら、その存在のすべてを支えなければならない。わたしはむかしからそう思っている。口だけの優しさはむしろ害悪だ。手を差し伸べておいて途中で放すような中途半端なことをすれば、相手を殺しかねない。

生活費を負担し、その人が求める愛情を与える覚悟が必要だ。それは時間的にも労力的にも大きな負担で、引き受けるのは容易なことじゃない。

だから綸のことも、わたしだったら引き受けない。引き受けられない。途中で投げ出すのがわかっているから。その挫折は相手だけでなく自分の心も引き裂き、できなかったという後悔に一生つきまとわれる。だから最初から引き受けない。これまでそうやって生きてきた。

金木犀《きんもくせい》の香りが漂っている。道路沿いの家の庭に咲いているもので、この時期は前を通るたびに香る。見あげると濃い緑の葉の向こうに澄んだ空が見えた。

　幼いころのことなのでよく覚えていないが、父が出て行ったあと、わたしは一時期城倉の家に預けられていた。あのころの母には貯金もなく、住む場所もなかった。だが世間体が悪いという理由で、母が城倉の家に戻ることを多佳子さんが許さなかった。

　それで、母が仕事と住む場所を得るまでわたしだけ城倉の家で暮らすことになったのだ。祖母は仕事で忙しく、わたしにかまう余裕などない。わたしの世話をしたのは伊予子さんと弟子の茉里さんだった。

　多佳子さんはすでに結婚して家を出ていたが、ときどきやってきて母のことを悪く言った。やっぱりうまくいかなかった、自分たちはあれほど止めたのに、と。父はクズだったし、見た目のはなやかさに騙された母は馬鹿で、恥晒しだと罵った。

　数ヶ月の後、母はわたしを迎えに来た。待っていたのは狭い部屋と苦しい生活だったが、城倉の家を出られてほっとしたのをよく覚えている。

　母が死んだときも、多佳子さんは葬式でひとことも口をきかなかった。祖母も無言だった。伊予子さんだけがわたしのことを心配し、うちに来ないか、としきりに誘った。

　わたしは断った。城倉の家の世話になるのは嫌だったし、学校も遠くなる。母が働いていたのでもともと家事はほとんどわたしがやっていたし、母がかけていた生命保険がおりて生活もなんとかなった。高校を卒業するまでは母と住んだ家で暮らし、大学に入学するとき、そこを引き払って寮にはいったのだ。

大学卒業後は関東近郊のホテルに就職し、社員寮に移った。だが一年後、コロナ禍のせいで突然解雇され、社員寮も出なければならなくなった。貯金はあったので、とりあえず東京に戻って部屋を借りようと思ったが、契約に保証人が必要だった。

お願いできるのは伊予子さんくらいしかいなかった。気は進まなかったが伊予子さんに連絡し、ことの次第を話した。すると伊予子さんは、再就職先も決まらないうちにあたらしいところに入居することを心配し、それならしばらくうちに来ないか、と誘った。

——この状況がおさまって、仕事や家が探せるようになるまでってことで、家賃はなしでいいよ。わたしの仕事を手伝ってくれる人もほしいし。

伊予子さんはそう言った。

すでに祖母は亡くなっていたし、コロナ禍だからたぶん多佳子さんが家に来ることもない。祖母の弟子だった茉里さんも新潟県十日《とおか》町《まち》市の実家に戻ることになったらしく、そうなれば伊予子さんはあの広い家でひとり暮らしになる。

——教室もコロナ禍で閉鎖になったけど、織物の注文はあるから、糸は染めなくちゃならない。その仕事を手伝ってもらえたら、と思って。

伊予子さんの工房では数年前から染織の一日体験ワークショップを運営していて、茉里さんは伊予子さんの染織の仕事を手伝うとともに、ワークショップの指導や事務をおこなっていた。

——でも、わたし、染め物のことなんてなにも……。

——大丈夫。井戸から水を汲んでくるとか、材料の植物の準備をしたりとか、糸を巻いたりとか、作業自体は子どもでもすぐに覚えられるようなことばっかりだから。

たしかに、いま部屋を借りてもすぐに仕事が見つかるとは思えない。城倉の家の世話になるのは不本意だが、祖母と多佳子さんがいないなら気兼ねする必要はない。状況が落ち着いたらすぐにあたらしい勤め先と住む場所を探せばいいと思って、間借りすることにした。

わたしは以前茉里さんが使っていた二階の八畳間にはいり、家賃代わりに伊予子さんの仕事を手伝うようになった。染め物の材料の枝や実を洗ったり、鍋を運んだり、糸を織物で使えるように木《こ》管《くだ》に巻いたり、単純作業が山ほどあった。

伊予子さんの織物はすべて草木染めだ。糸を染めるときは何時間も鍋で枝や実を煮るから、朝から家のなかに不思議な匂いが漂う。布を織る日は、朝から晩までギー、ガタン、トントンという音が響き続ける。

母は、土がつくし、虫も出るし、変な臭いもする、と祖母の仕事を嫌っていた。鍋で木や草や実をぐつぐつ煮る、魔女の集会みたいな古臭い仕事、だから友だちも呼べなかった、と。

不思議なことに、わたしはそこまで染織の仕事を嫌だと思わなかった。たしかに汚れるし虫も出る。独特の匂いもある。だが植物という生き物に触れることがなぜか心地よかった。

伊予子さんの家に住みはじめて半年後、わたしは最寄り駅である川越《かわごえ》駅の近くの進学塾に事務のパートとして採用された。最初のうち仕事はほとんどリモートだった。コロナの行動制限が緩和されるとともに通勤することが増えたが、徒歩で通える距離である。

それで結局そのまま城倉の家に住み続けている。コロナ禍が予想外に長引いたことで茉里さんもこちらに戻ることができず、実家からわりと近い十日町紬《つむぎ》の工場で働くようになった。最初はパートだったが、しばらくいるうちに責任者になり、本格的にそこで働くことになったらしい。

わたしも手伝ううちに伊予子さんの仕事のたいへんさがわかり、茉里さんが戻らないならだれかが手伝わないとどうにもならない、と感じた。さらに行動制限が緩和されてくると、ワークショップの常連客から教室を再開してほしいという声が届くようになった。

ワークショップは茉里さんの発案ではじめたものだ。工房に弟子がたくさんいたころに使っていた機が残っていたので、それを使って一日で染めと織りを体験する、という内容だった。

城倉の家がある川越は小江戸と称され、観光客も多くやってくる。蔵造《くらづく》りの町並みと呼ばれる一番街《いちばんがい》からは少し離れているが、川越の町なかに案内チラシを置いたり、観光サイトに掲載してもらったりしたおかげで参加者も増え、工房の大きな収入源になっていたらしい。

一日体験に飽き足らず、くりかえしやってくる常連さんもできた。その人たちが教室の再開を希望してきたのだ。伊予子さんは茉里さんがいないから無理と言っていたが、収入になるなら、とわたしは手伝いを申し出た。

予約の受付や、参加者への連絡などの事務作業には慣れている。伊予子さんを手伝ううちに機の基本的な操作はできるようになっていたから、ワークショップの業務はひととおりこなせそうだった。ワークショップを再開して収益があがれば、居候状態より気が楽になるという考えもあった。

日曜だけの開催からはじまり、参加者が増えてきたので、土日とも開催するようになった。最近はチケットを発売すると二、三日で満席になってしまう。常連さんからは平日にも設けてほしいという声もきていた。

塾とのダブルワークで、平日は午前中に教室の事務をおこない、午後から塾に出勤。週末は体験ワークショップ。伊予子さんの手伝いを含め、塾と同じくらいの給料をもらえるようになり、伊予子さんに家賃を払うようになった。休日はないが、精神的には楽になった。

そんなこんなで、ずるずるとあの家に住み続けている。最初はコロナ禍がここまで長引くとは思っていなかったし、あそこで城倉の家に越さなかったらどうなっていたか、とも思う。だから伊予子さんには感謝している。

仕事も手伝うし、食事もいっしょにとるが、伊予子さんはこちらの気持ちに踏みこんでくることがない。わたしも伊予子さんの気持ちには踏みこまない。適度な距離が保たれていて、快適だ。だがそのせいで、伊予子さんという人がわたしにはいまだによくわからない。

わたしを家に置いてくれたのはなぜなのか。さらに綸まで背負いこもうとするのはどういうことなのか。単なるお人好しなのか、慈善家なのか。腹の底が読めない。人格的には気に食わないが、世間体や損得勘定で動く多佳子さんの方がまだ理解できる。

——けどね、だれかがやらなくちゃいけないでしょう？

伊予子さんの声が耳の奥によみがえる。

そうだ、世の中のほとんどのことは、だれかがなんとかしなくちゃいけない。放っておいて解決することなんてない。わたしだって子どものころは、自分がなにもしなくてもいつのまにかうまくいっていた、と感じることもあった。だがそれは、わたしの知らないところでだれかがなんとかしてくれていた、というだけ。

　だれも責任を持たず、放っておかれたものごとは、やがてただ単に忘れ去られ、なかったことになる。はじめはみんな「それはよくない」とか「許せない」とかいろいろ言うけど、どうせ忘れる。困るのは当事者だけ。当事者だけがひとりでその問題に向き合って、ときにはどうにもならずに押しつぶされる。

　綸のこと、伊予子さんはどこまで考えているんだろう。うまくいかなかったらどうなるんだろう。そう考えると不安になる。綸を心配しているのか、伊予子さんを心配しているのか、あの家全体を心配しているのか。不安の正体がわからず、頭のなかがもやもやしていた。

3

　金曜日は塾に出勤する前に、週末の体験ワークショップの準備をした。ワークショップは朝十時から夕方五時まで。午前中はその季節に応じた植物を煮出した染液で絹糸を染め、昼の休憩をはさんで機織りをする。

　この週末使う染材は夜叉五倍子《やしゃぶし》。小さな松ぼっくりのような形をした木の実である。井戸水と布に包んだ実を大鍋に入れ、数時間ことこと煮る。茶色になった染液に糸を浸けると糸が染まる。その後色を定着させるために媒染剤《ばいせんざい》に入れるのだ。

土曜日のワークショップには大学時代からの友人の鈴音《すずね》が来ることになっていた。鈴音は東武《とうぶ》東上線《とうじょうせん》で三駅東京寄りのふじみ野駅の近くに住んでいる。大学で地方から上京した鈴音のために父親が購入した1DKのマンションで、学生時代はわたしもよく泊まりに行っていた。通勤にも不便はないらしく、鈴音はいまもその部屋に住み続けている。

卒業後はわたしが地方勤務になり、その後コロナもあってなかなか会えずにいたが、夏に連絡したとき、そろそろいいだろうという話になった。ワークショップの仕事のことは何度か話したことがあり、鈴音自身も草木染めに興味があったらしく、参加することになったのだ。

鈴音は都内に本社がある生活雑貨の店に勤めている。器、暮らしの道具を中心にした品揃えだが、日本の伝統のものづくりの紹介にも力を入れているらしい。草木染めに興味を持ったのも、仕事の影響だと言っていた。


土曜日、ワークショップ開始の十分くらい前になると、参加者が集まりはじめた。定員いっぱいの六名の参加者がいて、そのうち五人は経験者。三人はこの教室の常連、あとは二回目、三回目の人。初参加は鈴音だけだ。

鈴音は五分前にやってきた。動きやすく、汚れてもいい服装ということで、トレーナーとジーンズ姿だった。最後に会ったときより少し痩せたような気がする。髪もショートカットになり、全体的にすっきりと大人っぽくなっていた。

ワークショップには玄関をはいってすぐのところにある居間を使う。むかしは台所、食堂、居間の三部屋だったものをひとつながりに改装したため、この家の居間はかなり広い。

植物を煮出すので、染め物には水道とコンロが必要だ。それでこの家では、居間の奥にある台所で染め物もし、料理も作る。台所に近い側に置かれた大きなテーブルは食事にも作業にも使う。ワークショップでは参加者それぞれが火を使うので、テーブルと台所のカウンターの上に人数分のカセットコンロをならべる。

窓側にはワークショップ用の織機が六台ならんでいる。織機はそれほど重いものではないので、ワークショップのない日はできるだけ壁側に寄せ、真ん中に隙間を作るようにしている。伊予子さんの織機はそれとは別に、となりの作業部屋に置かれている。

ワークショップでは最初の説明を伊予子さんがおこない、実際の作業がはじまったら伊予子さんは自分の作業部屋に戻る。参加者から質問があると、わかることはわたしが対応し、どうにもならないときだけ作業部屋にいる伊予子さんを呼びに行く。

時間になり、伊予子さんがあいさつして、夜叉五倍子という植物や草木染めについて説明をはじめた。そのあいだにわたしは染め物の準備をする。テーブルとカウンターに人数分のカセットコンロをならべ、その上に大きな金属のボウルを置く。昨日煮出しておいた染液をそれぞれのボウルに分けた。

伊予子さんの話が終わったところで、参加者にはエプロンをつけてもらい、軍手とゴム手袋を渡す。熱した染液に手を入れるので、軍手のうえにゴム手袋を重ねてつけるのだ。準備が終わったら絹糸の束を渡し、それぞれボウルの前に移動してもらう。

カセットコンロの火をつけて染液をあたためながら、染め方の手順を簡単に説明した。

「それでは、糸を実際に入れてみましょう。最初はじわじわじゃなくて、一気に入れた方がいいですよ」

液が適度にあたたまったところでそう言うと、常連の人たちが手慣れた様子で糸の束をさっとボウルに入れた。鈴音もそれを真似るように糸を入れる。

「そうしたら、液のなかで両手でくるくるとたぐるようにまわします。動かさずにいるとムラになってしまいますから、休みなく、くるくる、くるくる、って糸を泳がせてください」

手を動かす真似をすると、鈴音も手を動かしはじめた。

「あ、色が……！」

鈴音が小さく声をあげた。白かった糸にうっすらと色がはいっている。しばらくしたらいったん染液から引きあげ、絞る。染液の温度をあげ、再度糸を浸し、くるくるまわす。それを何度かくりかえす。最後の方はぐつぐつと煮えるような温度になる。

「手袋をしていても手を入れたら熱いので気をつけてください。水面ぎりぎりのところでまわすといいですよ」

ボウルからは湯気がたちのぼっている。温度をあげた方が糸に色ははいりやすくなる。しかしその分、糸は傷んでしまう。糸の色が少しずつ濃くなっていくのが見えた。

「ではそのくらいで。引きあげたら絞って、いったん庭で干します」

参加者たちが糸を引きあげ、ぎゅっと絞った。

「いい色だねえ。秋っぽい」

常連のなかでもいちばん古株の水沢《みずさわ》さんが言った。

「なんだか美味しそうな色ですね」

「ほんと、ほんと」

吉富《よしとみ》さんと新井《あらい》さんが楽しそうに笑った。三人とももういろいろな季節の植物を使って染めた経験がある。染め方はどの植物でも似たようなものだが、同じ植物でもそのときによって微妙にちがう色が出るので、何度染めても飽きない、と言っていた。

全員で庭に出て、糸を干す。それから媒染剤について説明した。媒染剤とは金属化合物の水溶液で、糸に色を定着させるために用いる。アルミニウム、鉄、銅などいくつか種類があり、媒染剤によって色の出方が変わるのだ。

今日は伊予子さんとの相談で、ミョウバンと鉄を使うことになっていた。夜叉五倍子の場合、ミョウバンでは薄い茶色になるが、鉄媒染では黒っぽくなる。

ふた束ある糸のうち、ひと束をミョウバン、もうひと束を鉄の媒染剤に浸し、さっきと同じようにくるくるとまわす。ミョウバンでは薄い茶色のままあまり変わらないが、鉄の方は濃いグレーのような色に変わり、鈴音が驚きの声をあげた。

引きあげて絞り、水できれいに洗い流す。ふたたび干したところでお昼になった。

それぞれ昼食を済ませたあと、午後からは織機に向かう。

午前中に染めた糸はまだ乾いていないので、最初は工房にある糸を使う。ケースに立てられた色とりどりの糸から各人好きなものを選び、それを使って織っていく。常連さんたちは、以前ここで自分が染めた糸を持ってきている。家で染めた糸を持ってくる人もいる。

鈴音は糸のケースをながめ、うーん、となっている。

「好きに選んでいいんだよ。何色使ってもいいし」

織機には白の経糸《たていと》がかかっている。そこに好きな色の緯糸《よこいと》を通す。ワークショップでは、平織りと呼ばれる、経糸と緯糸が交互に交差するもっとも基本的な織り方で布を織る。技術の習得ではなく、色に触れて楽しむことが目的だから、お手本のようなものはない。緯糸は自分の気持ちのおもむくままに組み合わせて良いことになっている。

「ずっと一色でひたすら織っていくこともできるし、二色を交互に数回ずつ通していけば規則的な縞を作ることもできるし」

「どれもきれいで、なにを選んだらいいのか迷う。でも、単に好きな色を選んだら、めちゃくちゃになっちゃうよね。まずは色の系統を決めた方がいいのかな」

鈴音は糸を手に取ったり戻したりをくりかえしている。

「そこは人それぞれだよ。似た系統の色でまとめていく人もいるし、わざと反対の色を持ってくる人もいるし……」

「そうそう、全然ちがう色をならべても、意外ときれいにできたりするから」

糸を探しに来た水沢さんが横から言った。

「どうしよう。全然決められない」

鈴音がぼやいた。

「そもそも、こんなにいろんな色があるなんて思ってもいなかった。草木染めって、なんとなく淡い色のイメージがあったし」

「意外と濃い色やあざやかな色もあるでしょう？」

水沢さんが笑った。

「はい、このピンクなんて全然くすみがなくて」

鈴音がピンクの糸を指す。

「これは紅花《べにばな》染め。ほんとに混じりけのないピンクだよね」

わたしは答えた。

伊予子さんから聞いた話では、このピンクを作るために産地では最初に紅花から黄色の色素を抜くのだという。黄色を抜いた紅花を固めて、紅餅《べにもち》というものを作って保存する。

紅花の収穫は夏だが、温度が高いと黄色の色素が吸着しやすくなるので、よりあざやかな紅色を得るため、紅花染めは冬の寒い時期におこなう。そのためにも紅餅にする必要があるらしい。一度の染色では薄い色にしかならない。何度も染め重ねることで、紅色や韓紅といった濃い色になっていく。

「黄色もあるし、紫もあるんだね。どれもきれいだし、ほんと、迷う」

「とりあえず、自分がピンと来た色を選んじゃっても大丈夫だと思うよ。同じ人が同じときに選ぶ色って、なんだかんだで統一感が出るから」

水沢さんが言った。水沢さんはコロナ禍のずっと前からのここの常連で、帯や着物など大きなものも何度か織っているみたいだ。わたしよりよほど染織にくわしい。

「そういうものですか……」

鈴音がつぶやいた。

「あとで今日の夜叉五倍子の糸もくるからね。それも使いたいでしょ？」

わたしは言った。

「そうか。茶色とグレーみたいな色だよね。じゃあ、それがはいってもおかしくないような感じで選べばいいのか」

鈴音は糸をいくつか手にとってはケースに戻す、ということをくりかえした。

「考えたけど全然わかんないし、とりあえずこれで織ってみる」

少し笑いながら、糸をいくつか持って自分の織機に向かった。

常連さんたちはもう織りはじめている。二回目、三回目の人たちも少し説明すると思い出したらしく、糸を巻いた木管を杼《ひ》と呼ばれる道具に取りつけ、織りはじめている。

説明が必要なのは鈴音だけだ。鈴音の織機の横に立ち、織機の仕組みを簡単に話す。

織機には八〇〇本の経糸がならんでいる。織る前の経糸は緒巻《おまき》と呼ばれる筒に巻かれている。その糸が一本ずつ、綜絖《そうこう》と呼ばれる細い針金の穴に通り、さらに薄板を櫛状にならべた筬《おさ》というものに一本ずつ通っている。

織機の下にあるペダルを踏むことで、綜絖に通した偶数番目の糸と奇数番目の糸が交互にあがり、その隙間に杼に取りつけた緯糸を通す。通したら、筬で叩いて、緯糸を押さえる。織られた部分は、緒巻きとは反対にある千《ち》巻《ま》きと呼ばれる筒に巻き取られていく。

「こうやって経糸と緯糸が交互に組み合わさって布になるのか。人類の叡智《えいち》だね」

鈴音は目を見張った。

「緯糸を通すときに使うのが、杼というこの道具で……」

わたしは織機の前に座り、木でできた舟のような形の杼を鈴音に示す。

「この真ん中の空洞の部分に、糸を巻いた木管をセットして、横に開いた穴から糸を出す。筬の近くで、杼をこうやって横にしゅっと飛ばす。で、反対側で受け取る」

糸をつけた杼を上下に分かれた経糸の隙間に入れ、横に投げた。

「反対側で受け取ったら、筬でとんとん、って押さえる」

筬を手前に引き、とんとん、と叩く。

「そしたら足踏みのペダルを踏み替える。そうすると、糸が入れ替わるから、また杼を投げて通して、筬で叩く。そのくりかえし」

「むずかしそう。糸と糸のあいだから落ちない?」

鈴音が眉間に皺を寄せ、機を見た。

「まあ、たまに落ちることもあるけど……。糸がぴんと張ってあれば、上をすうっと滑っていって、意外と落ちない。慣れれば簡単だよ」

「踏み替えを忘れちゃったら……？」

「忘れると糸が外れちゃうから、すぐわかるよ。あと、緯糸は右から入れても、左から入れても大丈夫だから。必ず左右交互に入れなくちゃならないわけじゃないんだよ。足さえ踏み替えてれば大丈夫」

「うん、わかった」

鈴音は自信なさげにそう答え、わたしと交代して椅子に座った。

最初のうちは何度か杼を落としたりしていたが、鈴音もすぐに慣れたみたいだ。みんな無言で機に向かいはじめ、杼が滑っていくからからーという音と、筬で叩くとんとんという音だけがくりかえし響いた。

わたしは庭に干した糸の様子を見てから、さっき使ったボウルやカセットコンロの片づけをした。その後は机で事務作業をしながら、参加者からの質問やトラブルに対応する。

しばらく織っていくと、手前に布がたまっていき、それ以上筬で叩くことができなくなる。そうしたらいったん張っていた糸をゆるめ、布を千巻きに巻き取る。常連さんたちは自分でできるが、鈴音や初心者の人たちにはやり方を教えなければならない。

経糸が切れたり、絡まったりするときもある。それは常連さんでも対応できないので、わたしが処理する。経糸を繋ぐとき用の結び方があるのだ。

そうこうするうちにベランダの糸が乾いたので、参加者それぞれの機に届けた。ミョウバンを使った方は少し緑がかった薄茶色。鉄媒染の方はグレーと茶色の中間のような色だった。

「いい色ですねえ。鉄媒染の方、なんとも言えない深みがあります」

吉富さんがうれしそうな顔になる。

夜叉五倍子や栗、団栗の実からは茶系の色が取れる。似ているように見えるが、糸同士をくらべるとやっぱり少しずつちがう。同じ植物でもそのときどきでちょっとずつちがう色になる。まったく同じ色に染めるというのは至難の業、というより不可能だ。

糸巻きでならんでいるときにはあまり差がないように見えても、織物になるとちがいが際立つこともある。色無地のようにずっとひとつの色で織る場合はとくに目立つから、うまく馴染ませるように糸を交ぜながら織っていくのだと伊予子さんは言っていた。

常連さんたちが自分の染めた糸を糸巻きのところに持って行く。糸巻きを使って木管に巻かないと杼に取りつけることができないのだ。からからと糸車がまわり、糸が木管に巻き取られていく。鈴音も今日の糸を使いたいようだったので、糸巻きの使い方を教えた。


最後は伊予子さんもやってきて、おたがいに織りあがった布を見る。常連さんたちは織るのが早く、七、八十センチの長さがある人もいた。他方、鈴音は二十センチくらい。常連さんたちの布を見て、なんでそんなに織れるんですか、と目を丸くしていた。

水沢さんは自分が持っていた濃淡さまざまな茶系の糸と、今日染めた夜叉五倍子の二色の糸、そこにところどころ蘇芳《すおう》の濃い赤や苅安《かりやす》の黄色を交ぜ、秋の野山のようなにぎやかな色合いの布を織っていた。

吉富さんは薄めの茶系を中心に、淡い青や紫を入れた落ち着いた色合い。新井さんは濃淡さまざまな赤や橙と茶色を使って山の夕暮れのようなグラデーションを作っていた。三回目の福田《ふくだ》さんは茶色、白、赤で少しぼかしのはいった縞模様、二回目の杉崎《すぎさき》さんは白や淡い黄色、淡い茶色、淡い緑などを使ったランダムな縞。

鈴音は、紅花のあざやかなピンクや、淡い紫、黄色、水色といったパステル調の色合いが気に入ったようで、それらと今日の夜叉五倍子の淡い茶色を組み合わせてランダムな縞にしていた。常連さんたちから、かわいい色合わせ、軽やかで音楽みたい、と褒められていた。

鈴音の方はほかの人たちの渋めの色合わせやグラデーションに目を見張り、こんなことができるなんて、と驚いていた。

「わたしも新井さんみたいなグラデーションを作ってみたいんですけど、どうしてもうまくいかなくて、縞々になっちゃうんですよ」

杉崎さんが笑う。

わたしは伊予子さんの手伝いやワークショップの準備のために機を使うが、自分の作品を織ったことはない。織りたいと思ったこともない。でも、参加者の作品を見るこの時間はわりと好きだ。その人の心持ちが色合わせにあらわれているように見える。ひとりの人でもそのときどきによって変わる。季節や、その人の暮らしや、思いに影響されるのだろう。

「やっぱり、初めて織った布っていうのは格別だから。いまでも布のままとってあるわよ」

水沢さんの言葉に新井さんが深くうなずく。

「上手とか下手とか、成功とか失敗とかなくて、どれもそれなりにいいんですよね。失敗した、と思っても、あとで見ると意外といい色合わせだな、って思ったり」

「そうなんですね。皆さんのにくらべて下手だなあ、とは思いますけど、でも自分の織った布も悪くない気がしました。なんとなく自分らしいな、って」

鈴音はにっこり微笑んだ。

4

参加者が帰り、簡単に片づけをしたあと、鈴音と外に出てお茶をすることにした。川越駅の方に行く通りを少しそれた小道にある、こぢんまりしたカフェにはいった。

「鈴音、どうだった？」

飲み物を注文したあと、わたしは訊いた。

「すっごい楽しかった。織物、いいね。ほかの人たちの織った布もどれも素敵だったし。あの布を使って、なにか作れないかなあ、って思ってた」

「参加者のなかには自分で袋とかテーブルセンターにして使ってる人もいるみたいだよ」

「それもいいけど、もう少し凝ったものもできるんじゃない？　そうしたら、うちのお店でも扱える気がして」

「お店で、って、商品として、ってこと？」

「うん。本来は着物や帯にするためのものなんだろうけど、あの布は面積が小さくても映えると思うんだ。小さくても、そこから世界が広がっていくような感じで……」

鈴音は手のひらでなにかを包むような仕草をした。

「小物か。考えたことなかった」

「着物は高いし、着るのもたいへんだし、着ていく場所もない。だから、みんななかなか手が出ないと思うんだよね。でも今日体験して、布自体に魅力があるんだってわかった。ふつうの洋服の生地にはない雰囲気があるし、うちのお客さんとも相性がいいと思うんだよね」

鈴音の会社の出している店を思い出すと、たしかにそうかもしれないと思う。

「小物っていっても、和装用の小物じゃない方がいいような気がする。その方が間口が広がるから。すぐには思いつかないけど、いつもいっしょに仕事している布小物のクリエイターさんに相談してみようかな」

「伊予子さんにも訊いてみるよ。端切れを少し分けてもらえるかも。実物があった方がイメージが浮かぶでしょ？」

「え、いいの？　あったら助かる」

鈴音は鞄から会社の名刺を出し、もしもらえるようだったらここに送って、と言った。

「でもほんと、草木染めっておもしろいね。最後、媒染で色が変わるところもびっくりした。あの染液って、どうやって作るの？」

「前の日に木の実を何時間も煮るんだよ。それで一晩寝かす。不純物が出てくるのが嫌だから、うちの教室では何日も寝かせたりはしないんだけど。でもそのあたりは植物によってもちがうんだよね。実と枝と葉っぱではまた扱いが変わるし」

「枝を使うこともあるんだ」

「うん。桜とか桃も枝で染めるし、太い幹の芯や根っこで染めるものもある。野菜でも染まるよ。玉ねぎの皮とか」

「玉ねぎの皮……」

鈴音が目を丸くした。

「織る方も楽しかったなあ。布を織るって、なんかロマンがある」

「わたしはそういうことに鈍いんだけど、はまる人ははまるよね。今日いた水沢さんたちは教室に長く通ってる人たちなんだよ。わたしより前からいるから、こっちが教えてもらうこともたくさんある」

「そうか、そうだよね、あの人たち、自分の糸をたくさん持ってたもんね」

鈴音は思い返すように言った。

「三人とも帯も織ったことがあるし、水沢さんは着物も織ったことがあるらしいよ」

「着物も？　ほんとに？　着物って織れるんだ」

鈴音は信じられない、という表情だ。

「茉里さんがいたころは帯や着物を織る教室もやってたんだって。平織りの帯だったら慣れた人は、週一で通って一ヶ月か二ヶ月で織れるみたい」

ほんとうは、帯には綴《つづれ》織、錦《にしき》織、唐《から》織、紗《しゃ》織、絽《ろ》織、羅《ら》織、緞子《どんす》などさまざまな複雑な織り方があり、格の高い帯を織るには相当な時間がかかる。だが、うちの教室で織るのはいちばん基本的な平織りだけだから、それくらいの期間で織りあげることができるらしい。

「自分で織った着物を着て自分で織った帯を締める、って究極だよね」

「水沢さんに着た時の写真を見せてもらったけど、すごく似合ってたよ。普段の外出にさらっと着るところがおしゃれなんだよねえ」

「普段の外出？　結婚式とかじゃなくて？」

鈴音が首をかしげる。

「うちの教室で織るのは紬だから、礼装にはならないんだよ」

「紬？　紬ってよく聞くけど、普通の着物とどうちがうんだっけ？　材料？」

「ううん、材料は同じ絹だよ。でも、作り方がちがう」

絹糸には「生糸」と「紬糸」の二種類がある。

生糸とは、蚕が吐き出したままの一本の糸を引き出し、織物に使える太さによりあわせたもの。蚕はひとつながりの糸を吐き出し、繭を作る。だから傷のない繭からはひとつながりの糸を繰り出すことができる。

これを数本合わせたものを生糸と呼ぶ。生糸は独特の光沢を持ち、なめらかでやわらかい。留袖や訪問着のように礼装に用いる着物は、すべてこの生糸でできている。

それに対して、紬糸は屑繭と呼ばれる繭から作られる。たまに蚕が二匹でひとつの繭を作ることがあり、これを玉繭という。玉繭は二本の糸がからまってできているので、解くことができない。また、傷がある場合もひとつながりの糸にならない。

こうした繭は屑繭と呼ばれ、ひとまとめに煮られて「真綿」と呼ばれるものになる。真綿といっても、綿花から採られた植物性の繊維である「木綿」とは別物だ。袋状の「袋真綿」と四角く一枚に引きのばされた「角真綿」の二種類があり、そこから引き出されたのが紬糸だ。

ところどころ太い節があり、生糸とはちがう素朴な風合いがある。礼装にはならないが、この風合いを好む人も多い。

「糸を紡ぐのも全部手作業だから、普段着といっても、安いわけじゃない。作家の作品や有名な産地のものは高級品だよ。食事会やカジュアルなパーティーなら問題ないし。伊予子さんの反物は市場に出てないけど、祖母のはかなり高額だったみたいで」

「槐のお祖母さんって、有名な作家さんだったんでしょ？」

「うん。工芸展で何度も受賞してるしね」

母は祖母の仕事についてあまり語ろうとしなかったので、わたしは最近まで祖母の仕事のことをよくわかっていなかった。伊予子さんの仕事を手伝ううちに祖母の経歴のことも知るようになったのだ。

祖母の城倉志満子は染織家だった。昭和初期の生まれで、伊那《いな》の出身だ。長野《ながの》県南部、諏訪《すわ》湖《こ》から流れ出る天竜川《てんりゅうがわ》沿いの町である。

信州《しんしゅう》はむかしから養蚕が盛んな土地で、「蚕の国」と称されてきた。江戸時代初期には、信州の各藩が養蚕を奨励し、農家の副業として紬が織られるようになった。作られた紬は京都《きょうと》に届けられ、周囲の山に自生する植物を用いて草木染めが広くおこなわれるようになった。

祖母の家にも機があり、祖母はその祖母や母の織った着物で幼少期を過ごした。当時はどこの家にも機があり、家族の着るものは家で織っていたのだそうだ。

洋服の普及で国内の織物作りは下火になっていったが、信州では染織の技術が継承され、各地でそれぞれ独自の特徴を持った紬の生産が続けられていた。第二次世界大戦後、長野県が紬織物産業を振興し、県の各所で紬の生産がさかんになった。

祖母も高校を出ると、親戚が経営する紬の織元で働くようになった。祖母は当時から達者な織子だったようで、花織《はなおり》やかすりのようなむずかしい仕事をまかされていた。

結婚したあともしばらくは仕事を続けていたが、やがて祖父の転勤にともなって上京することになった。織子をやめ、東京で多佳子さん、母、伊予子さんを出産。しばらくは育児に専念していた。

だが、多佳子さんが小学校にあがったころ、伊那の織元から機織りの内職を頼まれる。一九七五年に信州紬が国の伝統的工芸品に指定されたことで生産量が増加し、優秀な織子だった祖母にも声がかかったのだ。

「祖母も根っから織物が好きだったんだよね。機を送ってもらって、織元の仕事を引き受けるようになって……。でも、東京で開かれる工芸品の展覧会を見に行ったりするうちに、だんだん決められた仕事じゃなくて、自由な制作をしたいと思うようになったんだって」

織物の内職でお金を貯め、染織家に弟子入りした。内職のかたわらそこで修業を積み、都の工芸展に出品し、入賞する。そのときの作品が「御神《おみ》渡《わた》り」という作品だった。

「御神渡りって、諏訪湖にできるっていうあれ？」

鈴音が訊いてくる。

「そう。祖母は子どものころに家族といっしょに御神渡りを見に行ったことがあって、そのときのことが忘れられなかったらしくて」

御神渡りとは、冬の結氷した諏訪湖に起こる自然現象である。諏訪湖が全面結氷したのち次第に氷の厚みが増し、昼夜の寒暖差によって氷の膨張と収縮がくりかえされると、湖の真ん中で氷が裂け、盛りあがり、一筋の氷の山脈のようなものができる。御神渡りができるときには轟音が響くといい、諏訪の人々はこの氷の山脈を、神が渡った跡、御神渡りと呼んだ。

むかしはほぼ毎年御神渡りができたのだそうだ。最初にできたものを「一の御渡り」、同方向にできたものを「二の御渡り」、これらに直交するものを「佐久の御渡り」などと呼び、筋の出方でその年の天候や作物の出来を占った。

最近では暖冬の影響で諏訪湖が全面結氷する日が少なくなっているらしい。御神渡りが発生しない年を「明けの海」といい、ここ数年は「明けの海」が続いていると聞いた。

祖母は子どものころに見た御神渡りが忘れられず、自分の作品を織ることになったとき、御神渡りのことが頭に浮かんだ。展覧会の図録に寄せた文章にそう書かれていた。

織りで生まれたその紋様は抽象的なもので、淡い水色と灰色のなかに白く不規則な線が蛇行する。太くなったり細くなったりするその線が氷の亀裂をあらわしているのだろう。わたしも何度かその作品を見たが、柄行き全体に緊張がみなぎり、怖いほどだった。

その迫力は、祖母が当時抱えていた家庭内の確執《かくしつ》によるところも大きかったのだろう。祖母があまりにも染織に打ちこんだため、祖父の心は家から離れ、別居という形になった。祖父は別の女性と暮らしていたようだが、経済的な理由から正式に離婚したのは祖母が染織で成功してからのことだった。

やがて信州紬の最盛期がすぎ、祖母の親戚の織元も店を閉じた。だが祖母は作家として染織の仕事を続けていた。伊那紬の伝統を受け継ぎ、師匠の影響もあって、織りだけでなく染めから手がけるようになった。

伊那紬は草木染めした手紡ぎ糸を使う。染めに使うのは、伊那近辺の山に自生するりんごや胡桃《くるみ》、白樺《しらかば》などの木の幹や枝。祖母は親戚から現地の植物を送ってもらうほか、自宅の庭でもさまざまな植物を育てるようになった。

そうして染めた糸を用い、縞や格子、ぼかしなど伊那紬の技法を生かしつつ、独特の柄を織る。展覧会で何度も入賞し、紬織《つむぎおり》の作家として名を知られるようになった。弟子も取り、この家の離れを工房として使うようになった。

祖母は仕事に明け暮れ、娘たちの世話も弟子が交代でおこなっていた。当時多佳子さんはもう高校にあがる年で、仕事ばかりで家事をしない祖母を嫌い、口をきかなかった。母も祖母の仕事には無関心だった。

　末娘の伊予子さんだけが中学生のときから祖母の仕事を手伝っていた。工芸関係の短大の染織科に進み、未婚のまま祖母の仕事を手伝い、老後の祖母の介護も引き受け、祖母を看取った。

　祖母が亡くなったのはわたしが大学にあがってすぐのころ。多佳子さんは家を売却したかったようで、伊予子もここを出てもっと便利なところに住めば、と勧めたが、伊予子さんは染織の仕事を続けるために城倉の家に住み続けることを選んだ。

　着物業界も冷えこんできて、全盛期の祖母ほど仕事はなかったが、家もあるしひとり暮らしだからそこまで稼ぐ必要はないようで、以来、問屋と取引するのをやめ、あたらしく弟子を取ることもなく、最後の弟子だった茉里さんと工房を細々と営んできたらしい。

「そうか、あの家もいろいろ複雑なんだね」

　わたしの話を聞きながら、鈴音が相槌を打つ。

「多佳子さんは母のことも気に入らなかったみたいで。まあ、家族の反対を押し切って結婚して、結局離婚しちゃったわけで、文句を言うのももっともなんだけど。でも、今度は多佳子さんの息子がうちの離れに住むことになりそうで……」

「え？　伯母さんの息子ってことは、つまり槐のいとこ？」

「そう。綸っていって、いま大学四年生なんだけど、実はこの春、事故にあって……。マンションから飛び降りた女性の下敷きになって、しばらく意識不明の重体だったんだよ」

「飛び降りに巻きこまれた？」

鈴音が息をのむ。

「それってもしかして、画家の武井《たけい》未都《みと》の事件？」

「そう。よく知ってるね」

鈴音の言葉にわたしも驚いた。武井未都という名前はうろ覚えだったが、若い女性画家だという話は聞いていた。

「女性の飛び降り自殺に男子学生が巻きこまれたって、ネットでかなり話題になってたんだよ。あれが槐のいとこだったなんて」

鈴音は信じられない、という顔だ。

「そうだったんだ。知らなかった。でも、飛び降りに他人が巻きこまれるなんてこと、滅多にないもんね」

「それもあるけど、飛び降りた直後の動画を撮ってた人がいて、それが拡散されたみたいで」

「動画？　伊予子さんはそんな話、してなかったけど……」

驚いて訊き返す。

「まあ、ＳＮＳの話だからね。もとの動画はすぐに消されたし、新聞やテレビでは報道されなかったから、ネットに馴染みのない人は気づかなかったのかも」

鈴音はわたしよりずっとＳＮＳにくわしい。自分のアカウントはないが会社の広報でＳＮＳ担当になっているらしく、ちゃんと動向を追っている。

「でもそのいとこくん、身体の方はもう大丈夫なの？」

「うん。意識も戻ったし、怪我も全快したみたいなんだけど。でも、精神状態が不安定になって、退院してからも大学に行けなくなっちゃったらしくて。四年だけど、もちろん就活もしてない」

「飛び降りに巻きこまれるって相当な経験だもんねえ。心にダメージ受けるのはわかる」

　鈴音が深くうなずいた。

「綸はもともと線の細いタイプなんだよね。無口で、あまり社交性もない。父親は一流商社のエリートサラリーマン。七歳上の長男がいるんだけど、そっちは父親に似て成績優秀で、大手企業に就職してエリートコースを歩んでる。母親も堅実で現実的な専業主婦タイプだから、綸だけ家のなかで浮いちゃってるんだよね」

「もともと次男のことは持て余してた、ってことか」

「そのうえ事故で状態が悪化しちゃって。父親とぶつかってたいへんらしくて、伊予子さんがしばらくうちの離れに住んだら、って誘ったみたい」

「なるほど。転地療養ってことか。一理あるんじゃない？　親の言うことは聞かないけど、他所で暮らせば気持ちがしっかりするかもしれない」

「でも、それって伊予子さんがやること？　これから社会に出る大事なときなんだし、自分たちでなんとかしようって思わないのかな」

「それはそうかもしれないけど」

　鈴音が含み笑いする。またはじまった、という表情だ。

「気になってるのは、綸がいつまでも居座るんじゃないか、ってこと。綸は祖母に預けられることが多かったからね。あの家に馴染んでるし、子どものころから祖母に習って機織りしたりしてたみたいだし」

　母があの家に行きたがらなかったから、子どものころの綸のことはあまりよく知らない。はっきり覚えているのは、母の葬式のときのことくらい。聡《さとし》の方はもう大学生で、大学の行事と重なったとかで参列しなかった。多佳子さんといっしょに身体つきが細くて表情の暗い男の子がいた。顔を合わせてもなにもしゃべらず、ただ頭を少しさげただけ。

　わたしは母の死のことで頭がいっぱいだったし、年下のいとこと言葉を交わすような心の余裕もなかったのでなんとも思わなかったが、多佳子さんがあきれたような顔で綸を見おろしているのがわかり、この子もたいへんなんだろうな、となんとなく思った。

「染織男子かあ。いいじゃない？」

　鈴音が無責任に言う。

「機織りが好きなのはいいと思うよ。でも、だからこそ、そのまま居着いちゃうんじゃないか、って。伊予子さんは自己主張はしないけど、実際は頑固だからね。こっちがなんか言っても絶対に聞かないし」

「でも、伊予子さんはできることとできないことの境界はわきまえてる人だと思うよ。いとこくんに関しても、なにか考えていることがあるんだよ、きっと」

　鈴音は確信に満ちた顔で言う。その確信がどこから生まれるのかはよくわからないが、伊予子さんが決めたことならどのみちしたがうしかない。納得がいかないまま、ため息をついた。

家に戻ってから鈴音に提案された小物作りの話をすると、伊予子さんはそういうことならと言って、蓋に「小裂《こぎれ》」と記された箱を出してきた。裂《きれ》とは、生地の断片のことである。蓋をあけると、なかには色とりどりの端切れがはいっていた。

「素敵なお話だとは思うけど、鈴音さんが勤めてるのって、若い人向けのおしゃれな雑貨屋さんなんでしょう？　そんな店に合う小物が作れるのかな」

伊予子さんはよくわからない、という顔になる。

「大丈夫だと思いますよ。洋風のものより日本の伝統に沿った商品が多い店みたいですし」

「そう？　でもどういうのがいいのかなあ」

伊予子さんは端切れを取り出しながら見くらべている。

「店にはすっきりしたデザインのものが多かった気がします。でも、布小物のクリエイターと相談するって言ってましたし、いろんなタイプがはいってた方がいいんじゃないですか」

伊予子さんとふたりで生地を見た。縞、格子、ぼかし。縞にしても格子にしても、線の太さや大きさが変わると印象も変わる。悩みに悩んで、あかるめの色合いのもの、渋めの色合いのものを取り合わせて十枚ほど選び出し、鈴音に送った。

5

翌週、多佳子さんと綸がやってきた。

わたしは部屋に引っこんでいるべきかと思っていたが、伊予子さんに同席してほしい、いっしょに住むことになるわけだし、ちゃんと顔合わせをしておいた方がいい、と言われ、渋々居間に出た。

多佳子さんは母とも伊予子さんとも祖母ともあまり似ていない気がする。

十年前に死んでその年齢で印象が止まっていることもあるが、母は四十を越えても若いころのスタイルのままで、顔の造作もはなやかで人目を引いた。伊予子さんはパーツは小さめだが、顔の形は母とよく似ている。多佳子さんだけは祖父に似たのだろう、エラが張った顔つきで、ふたりにくらべて全体的にふっくらしていた。

綸の方は相変わらず線が細い印象で、身長は高いが猫背気味。長めの前髪が目にかかって、表情はよくわからなかった。

多佳子さんはお茶を持ってきたわたしを見て、目を大袈裟に見開いた。伊予子さんが数年前から同居して、教室を手伝ってもらっていると説明すると、不愉快そうに大きく息をついた。

「そんなの、ちっとも知らなかったわ」

むすっとした顔になり、わたしの方をじろっと見る。本人が目の前にいるのに、そんな言い方はないだろう、と思ったが、伊予子さんの手前、ただ黙ってお辞儀をした。

「綸の話が出たときに教えてくれればよかったじゃない」

「関係あるとは思わなかったから……。綸が住むのは離れだし、あんまり顔を合わすこともないかと思って」

伊予子さんはしれっとそう言って、湯呑みに口をつけた。多佳子さんはしばらくじっと黙っていた。お茶には手をつけようともしない。わたしが淹れたお茶は飲めない、ってことですかね、とだんだん腹が立ってくる。

「まあ、そうね。綸が暮らすのは離れなんだから……」

多佳子さんは自分に言い聞かせるような口ぶりでそう言って、椅子の背にもたれた。表情が少しゆるみ、母や伊予子さんとまったく似ていないわけではない、と気づいた。眉の形や鼻筋は母に似ている。目と口の形は伊予子さんに似ている。やはり姉妹なのだな、と思う。

「じゃ、綸、あとは大丈夫よね」

多佳子さんが綸の方を見ると、綸はうなずいた。

「小さいころから慣れた家だもんね。離れには簡単な炊事場もあったはずだから、伊予子叔母さんにはできるだけ迷惑をかけないようにしてね」

炊事場……。お湯が出ない水道と、コンロがひとつ。調理台もない。炊事場というには粗末なもので、あそこで作れるのはインスタントラーメンくらいだろう。あれだけで生活できるとでも思っているのか？

横を向くと綸の顔が目にはいった。あいかわらずうつむいていて、まったく生気がない。生きていろと言われたから生きているだけ。そんなふうに見える。母の葬式で会ったときも似たようなことを感じた。

わたしだって生きていて楽しいわけじゃないし、煎じ詰めて言えば生きる意味なんてないと思っている。それでも生きていくために必要だから、愛想笑いをしたり、考えているふりをしたりして取り繕《つくろ》っている。

生きるって、そういうことじゃないのか。

家庭がどうあれ、だれだって結局は自分の力で道を切り開くしかない。

事故でショックを受けたのはわかる。でもほんとうにこの無気力な状態から自力で生きるところまで回復できるのか。

暗澹《あんたん》とした気持ちになり、窓の外へと目をそらした。

ほどなく多佳子さんは帰っていった。結局、お茶には一切口をつけなかった。

多佳子さんを見送ると、伊予子さんは綸の向かいに座り直し、綸に話しかけた。

「じゃあ、これからうちで暮らすことになるわけだけど」

いったん言葉を切り、綸を見る。綸は顔を伏せたままだったが、一瞬だけちらっと目をあげた。そのときはじめて前髪の向こうの目がはっきりと見えた。生気がないわけじゃない。目を見たとたん、そう思った。

「まず、いろいろたいへんだったね。家にいると考えなきゃいけないことがたくさんあるんだろうけど、いったん全部忘れて、のんびりしなさいね」

伊予子さんが少し微笑む。

綸はなにも答えない。

「でも決まりごとは作っておくよ。まず、朝食と夕食はこっちの家でいっしょにとること」

いきなり多佳子さんが言っていたのとちがうことを言い出したので、笑いそうになった。伊予子さんがそういう人なのはわかっていたことではあるけれど。

「朝はちゃんと朝ごはんの時間に起きてくること。うちの朝ごはんは八時。起きられるよね？」

綸はうつむいたまま無言でうなずく。

「夜はね、槐さんは仕事で遅くなる日もあるから、そのときはわたしとふたり。夕食のあとはこっちでお風呂にはいる。ルールはそれだけ。守れるね？」

綸はまたこっくりとうなずいた。

「そしたら、まずは離れに荷物を置きに行こうか。布団のある場所を教えるからね」

伊予子さんは立ちあがり、綸を連れて離れに行ってしまった。

居間にひとり残され、しばらくぼんやりしていた。

――伊予子さんはできることとできないことの境界はわきまえてる人だと思うよ。いとこくんに関しても、なにか考えていることがあるんだよ、きっと。

この前、鈴音はそう言っていた。伊予子さんが考えなしに甥を引き受けるとは思えない。なんだかんだでこれまでひとりでこの家を守ってきた人なのだ。なにか思うところがあるのだろうが、ほんとうになんとかなるのか不安だった。

　夕食の席でも綸はひとことも口をきかなかった。最初は気をつかって肩が凝りそうになったが、伊予子さんは綸がしゃべらないことにまったく頓着せず、それならわたしも気にしなくていいか、と割り切った。

二章　臭木

1

綸は毎日ただ黙って食事をし、終わると離れに戻っていく。食事の時間以外は離れにこもったきりで、外に出かける気配もない。あのなにもない部屋で退屈しないのだろうかと思うが、家から解放され、だれからも干渉されない時間を満喫しているのかもしれない。

母家にはもともと縁側だった場所があり、いまは一面のガラス戸に覆われているのだが、そのガラス戸から離れが見える。ある朝そのガラス戸から離れの方を見ると、綸が縁側に座っていた。離れの方は古い造りのままだから、そこはほんとうの縁側である。

綸はじっと庭を見ていた。離れの前には小さな庭がある。ほんとうはもっと大きな庭だったのを多佳子さんがフェンスをつけてその向こうを月極駐車場にした。それでずいぶん狭くなってしまった。

味気ないフェンスのせいで風情もないが、綸は膝の上に肘をついて、手のひらで顎を支えながら、その小さな庭をじっと見ていた。いや、正確に言うと、池を見ているようだった。

日差しを反射した光の縞が綸の身体にあたっている。

綸が顔をあげ、こっちを向く。外があかるいから、ガラス戸に反射して、こっちの室内はたぶん見えない。それでももし目が合ったら、と気まずくて、さっと移動した。


綸がやってきて一週間ほど経った。

朝食後、綸は離れに戻り、伊予子さんはとなりの自分の仕事部屋で織物をはじめた。わたしはひとり居間に残り、ノートパソコンを広げた。体験ワークショップの受付作業だ。最近の申し込みをチェックし、初めての人には持ち物などを記したメールを送る。ルーチンとなった作業を進めていたとき、なぜか綸が戻ってきた。

「どうしたの？」

顔をあげて、綸を見た。大きな袋を抱えている。

「ああ、洗濯物？」

そう訊くと、綸はゆっくりうなずいた。この家の孫ではあるが、ここに住んでいたわけではない。もちろん洗濯もしたことがないだろう。

「お風呂のそばに洗濯機があるよ。使い方、わかる？」

綸は首を横に振った。わたしは立ちあがり、台所を抜けて洗濯機のある場所に向かった。綸もあとからついてくる。洗濯機の前で使い方を説明した。

「これが洗剤」

小窓のそばに置いてある洗剤のボトルを手に取り、洗剤の量の目安を教える。綸はうなずき、洗濯機の蓋を開けた。

「あとはわかるよね？」

綸はまた黙ってうなずく。

「ついでに、洗濯物を干す場所も教えとくね」

何度も呼ばれるのは面倒だし、ひととおり伝えておこうと廊下に出て、階段をのぼる。綸は洗濯機の横に袋を置いて、あとについてきた。

二階のいちばん手前の部屋にはいる。染織の道具や糸をしまっておく倉庫のような部屋だが、広いベランダがついている。掃き出し窓を開け、ベランダに出た。快晴で、洗濯物を干すにはぴったりの日だった。

「ここに物干し竿があるからね。洗濯バサミはここ。今日は伊予子さんもわたしも洗濯しないから、自由に使っていいよ」

もうこれで大丈夫だろう、と思って部屋に戻ると、綸はなぜか室内を見まわし、ぼうっと突っ立っている。

「どうしたの？」

綸は問いに答えず、棚の前に進んで、引き戸に手をのばした。

「そこ、糸がはいってる棚だよ」

うしろから声をかける。綸は一瞬はっとしたような顔になって、棚を開けた。草木染めの糸が色の系統ごとに木の箱にしまわれている。

綸はその箱に目を落とし、なかを一心に見つめている。子どものころ祖母に教わって機織りをしていたというから、そのころのことを思い出しているのだろうか。

「あお……」

小さな声が聞こえた。

驚いて綸の横顔を見る。

いま、しゃべった？

伊予子さんはいない。機織りの音が響いているから、下の部屋にいるはず。それにかすかな声ではあったが、男性の声だった。外からの声でもない。まちがいない。綸がしゃべったのだ。

でも、なんと答えればいいのかわからなかった。

「あ、えーと……。そういえば、むかし、ときどき機織りしてたんだってね」

そう言うのがやっとだった。口にしてから、もっとなんかないのかよ、と思ったが、これがわたしの精一杯の気遣いだった。綸はあいまいにうなずいたが、言葉は続かなかった。

階下におりてから、わたしはとなりの部屋の伊予子さんにそのことを伝えた。

「ほんとに？」

伊予子さんが目を丸くした。洗濯機がまわりはじめる音がする。伊予子さんは立ちあがり、洗濯機のある場所に向かった。わたしも気になってあとを追った。

「ねえ、綸」

伊予子さんが綸に声をかける。

「離れにいても暇でしょう？　あとでちょっと機織りをしてみない？」

その声を聞いて、綸が大きく息を吸いこむのがわかった。

「やりたいなら、洗濯が終わってから、ここに来てちょうだい。機の準備をしておくから」

しばらくぽかんと伊予子さんの顔を見つめてから、綸は無言でうなずいた。

「綸にはワークショップ用の織機を使わせるから、境目を織っておいてくれる？」

居間に戻ると、伊予子さんにそう頼まれた。

「わかりました」

糸を持って窓際の織機に行き、先週末のワークショップで前の人の織った分のあとに生成りの色の緯糸を通した。

経糸を切れば織った布を外すことができるが、あとで経糸をつなぐ作業をしなければならなくなる。だからこの教室では、織った布をそのまま残しておく。境目がわかるよう生成りの糸で数センチ織ったあと次の人が続きを織る。

一ヶ月分たまったら布を外し、境目で切り離す。それぞれ端の始末をして、参加者に郵送する。境目を織るのはわたしの仕事だった。生成りの糸で数センチ織るだけだから、技術はいらない。気分転換になるし、わりと好きな仕事だった。

二台分の境目を織ったところで、綸が居間に戻ってきた。洗濯は終わって、もう二階のベランダに干してきたらしい。伊予子さんを呼ぶと、境目の織りが終わった機を指し、あそこで織りなさい、と綸に言った。

「お客さんの布に前後をはさまれることになるけど、好きなだけ織っていいよ。緯糸も出しておいた。そこにあるものならどれを使ってもいいから」

伊予子さんがテーブルの上の糸の箱を指す。なかには色とりどりの糸がはいっている。すべて草木染めだが、赤、青、黄、黄緑、橙、紫、ピンク、グレー、茶色などさまざまな色があり、少しずつ微妙にちがう。

綸は糸を見つめた。これまでの無気力な目とはまったくちがう。箱のなかから、青い糸だけを選り出し、無言で見くらべている。

青い糸のほとんどは藍で染めたものだが、藍染めにもいろいろな色がある。ごく薄い水色のような色から、濃い紺まで。綸はそのなかから濃いめのもの数種類を選び、慣れた様子で織機の前の椅子に腰かけた。

糸を杼に通し、経糸のあいだに杼を滑らせる。なめらかな動きだった。筬で一度軽く叩き、ペダルを踏み替え、とんとんと筬で二度糸を叩く。そのリズムが伊予子さんとまったく同じで、どきっとした。

右手で経糸の隙間にすうっと杼を投げる。左手で杼を受け取って筬で叩き、ペダルを踏み替えてまた二度糸を叩く。今度は左から右へ杼を滑らせる。動作のひとつひとつが速いので目で追えない。

綸が杼を置き、別の色の糸の杼に持ち替える。子どものころよくここで機織りをしていたと聞いてはいたが、こんなに達者だったのか。

気がつくと出勤しなければならない時間になっていた。わたしはいったん自分の部屋に戻り、出かける準備をはじめた。

2

仕事を終えて家に戻ると、伊予子さんたちの食事はもう終わったようで、綸の姿はない。残っていたおかずと味噌汁でごはんを食べながら、伊予子さんの話を聞いた。綸はあのあとずっと機織りをしていたらしい。

食事を終えて織機のそばに行くと、青の糸の入り交じった布が広がっていた。そのうつくしさに息をのんだ。

「きれいですね」

思わず声が漏れる。伊予子さんがうんとうなずく。

織物にはその人のなにかがにじみでる。それが心だとか魂だとか言うつもりは毛頭ないけれど、綸の布には、伊予子さんの織った布に通じる気品のようなものが感じられた。

「やっぱり、血筋なんでしょうか。伊予子さんの織った布と雰囲気が似ている気が……」

「それはわたしじゃなくて、母さんの織物ってことなんじゃないかな。わたしも母さんの織物を見て育ったし、綸もそうだから」

伊予子さんは布を見おろした。

「母さんはね、綸には織物の才能があるって言ってたんだ。多佳子姉さんが嫌がるから口には出さなかったけど、内心、綸に自分の跡を継がせたいと思ってたんじゃないかと思う」

「そうなんですか？」

初耳だった。祖母が自分の跡を継がせたいと思うほどだったとは。

「うん。それくらい、綸が子どものころに織っていたものは素晴らしかったんだよね。ただ、この布は、そのころに織ってたものとはちがう。子どものころは、とにかく無心に織ってたから。織ること自体の楽しさの方が優っていたんだろうね。でもこの布には、なにかを追い求めるような切実さがある」

切実さ。綸が子どものころに織ったものを見たことがないからちがいはわからないが、この布にはたしかにしずかに胸に迫ってくるような緊張感がある。

「終わったあとも、まだ納得していないような雰囲気だったしね。夕食のあいだも心ここにあらずな雰囲気だったし、明日もまた織りたい、って言うだろうな」

伊予子さんが微笑む。綸の織った部分は五十センチほどあった。

「でも、全部青なんですね。このまま毎日このペースで青い糸を使っていったらまずいんじゃないですか」

綸が二階で最初に目をとめたのは青い糸だった。糸を選ぶときも青しか眼中にない様子だったのを思い出し、そう言った。

「そうだねえ。ずっと青ばかりってわけじゃないかもしれないけど」

伊予子さんは困ったように笑った。

青を染めるには藍を使う。藍染めというのは、いつもワークショップでおこなっている草木染めとはちがう。藍の産地で作られた蒅《すくも》というものを水や養分と共に甕《かめ》に入れて発酵させたものを使うのだ。その染液を作る工程を「藍建《あいだ》て」と呼ぶ。

祖母のころから、この家では、ここで藍建てして染めた糸を使ってきた。一階の伊予子さんの作業部屋のとなりに、小さな藍染め用の部屋がある。そこに藍甕《あいがめ》が置かれている。だが、茉里さんがいなくなったあとは藍建てをできずにいる。いったん建てたら、くりかえし使えるのだが、日々それの世話をしなければならなくなる。なにしろ生き物だから、状態が悪くなると死んでしまう。伊予子さんひとりではそこまではできない。青い糸はいまは以前染めたものを使っているが、残り少なくなっていた。

「あれがなくなったら紺屋《こうや》さんから染められた糸を買うしかない。人が染めた糸を使うのは気が進まないけどね。でも、綸がなにかに意欲を持ったのはいいことだから。しばらく好きなようにやらせてみようと思う」

伊予子さんはなにか心に決めたような表情になった。

部屋に戻って布団にはいってからも、綸の織った布が頭から離れなかった。

綸はつながっているんだな、と思う。伊予子さんと同じように、綸は染織家だった祖母と通じている。同じ血を引いているのに、母やわたしには発現しなかった力。わたしよりずっとこの家にふさわしいということだ。

　わたしはなぜここにいるんだろう。

　ぎゅっと目を閉じ、寝返りを打つ。

　なぜか目が冴えてしまい、なかなか眠れない。薄ぼんやりした闇が身体のなかにはいってきて、じわじわ広がっていくのがわかる。ずっといっしょに生きてきた、わたしの影のようなもの。これを引きずりながら、騙し騙し生きてきた。

　学生時代は毎晩のようにこれにのみこまれそうになった。

　生きるのがしんどい。生きていればいいことがあるとは思えない。人生には本来目的もなにもなく、生まれ落ちたら死ぬまで生き続けなければならないというだけ。人ひとり生きるにはけっこうなお金が必要で、生きているかぎり働き続けなければならない。地獄と変わらない。

　夜になると、もうここで終わってくれれば、という思いがこみあげてくる。だからといって死ぬことができるほど強くない。根性なしだから痛いのも辛いのも嫌だ。スマホを見たり起きてテレビを見たりして時間をつぶし、空があかるんでからようやく眠る。

　家でひとりでいる時間をできるだけ少なくするために、大学のあと夜もバイトを入れ、仮眠してから早朝のバイトに出ていた。ふらふらにはなるけれど、そうすればなにも考えずに眠れたから。

最近は体力が落ちたのか、横たわって目を閉じればすぐに眠れる日の方が多くなったのに、久しぶりに闇にとらわれてしまった。いまは徹夜するような体力はない。明日の仕事のために眠らなければならない。だが眠ろうとするほど、闇が身体のなかで大きくふくらんでくる。

——わたしは空っぽな人間だから。

母の声が耳の奥によみがえってくる。

わたしをひとりで育て、マンションの階段から落ちて死んだ母。

いまでもときどき、両親が離婚する前のはなやかな暮らしの記憶の断片が浮かびあがってくることがある。都内の豪華なマンション。家ではよく父の友人の家族とのホームパーティーがおこなわれた。母はきれいに着飾って、わたしにもフリルやリボンのついた服を着せた。

あのころのわたしはきれいな母が自慢で、打掛《うちかけ》やドレスを着た母が写っている両親の結婚式のアルバムが大好きだった。写真館で作った立派なアルバムで、表紙を含めて八ページもあり、「お姫様の絵本」と名づけてよくながめていた。

披露宴で母は打掛とウェディングドレス、さらにもう一度お色直しをしてピンクのドレスを着た。母はスタイルも良く、表情もポーズも女優かモデルのように完璧で、絵本に出てくるお姫様のようだった。

父がなんで出ていったのかは知らない。母はそのことについてはなにも言わなかった。

父がいなくなったあとしばらくして、夜中にがたがた音がすると思って見に行くと、母が泣きわめきながら父の荷物を全部床に投げ捨てていた。その姿があまりにも怖くて、わたしはドアのところに座りこんでしまった。

母はわたしを見ると、あんたも手伝いなさい、と恐ろしい形相《ぎょうそう》で怒鳴り、わたしの腕をつかみ、立たせた。手伝わなかったらぶたれる、と思った。頭を押さえてしゃがみこもうとしたが、立て、と言われてふるえながら立ちあがった。

まだ小学校にあがる前だったから、たいした力はない。でも母が怖くてできるだけのことはした。父が気に入っていた服やらなにやらを全部車に詰めこんで、わたしはパジャマのまま母といっしょに車に乗った。母は無言で車を運転し、父のことをののしり続けた。

母が車を止め、降りると川原だった。何度か遊びに来たことがある場所で、空を見ると星がきれいだった。命じられて、わたしは川原に荷物を運んだ。これからどうなってしまうんだろうと、怖くて怖くてたまらなかった。

覚えのあるスーツやネクタイを見て父のことを思い出した。なんで帰ってこないんだろう。なんで服をここに運ばなくちゃいけないんだろう。でも、あまりにも怖くて、そんなことはすべてどうでもよくなってしまっていた。

母は川原に荷物を積みあげると、新聞紙の束を手に取り、火をつけた。それを父の荷物の山に投げつけた。そんなに簡単に火はつかなかった。母は叫びながら何度も火をつけた。あまりの怖さに足ががくがくふるえ、尻餅をつきそうになった。

やがて上の方にあった服に火がつき、それから徐々に全体に火がうつって、燃えあがった。

母はそこに結婚式のアルバムを投げこんだ。

――お姫様の絵本……！

思わずそう叫び、手をのばした。世界のなによりきれいなもの、宝物だと思っていたのに。火に駆け寄ろうとしたが、その瞬間に転んだ。頭に痛みが走る。母に頭を殴られたのだとわかるまでかなり時間がかかった。

――なにがお姫様だよ。

なにが起こったのかわからないまま見あげると、母は吐き捨てるようにそう言った。

――お前になにがわかるんだ。なにがわかるんだよ。

母が怒鳴ってわたしを見る。頭が真っ白になる。また殴られるかもしれないと思って、身体を丸めた。お姫様の絵本は火に包まれて、チリチリと燃えていった。でもそれももうどうでもよかった。なんでもいいから早くこれが終わってほしい。家に帰りたい、と思った。

母はくるっと背中を向け、肩をふるわせてから声をあげて泣いた。しゃがみこみ、泣き続けている。

どうしてこんなことになってしまったんだろう。少し前まで、母はいつもきれいで、父と喧嘩しているところを見たこともあったけれど、次の日になればいつもの母に戻った。でも、あるときから母は怒ってばかりいるようになった。いつも不機嫌で、上の空だった。

それから父がいなくなって、母は毎日怒鳴ったり泣いたりばかりするようになった。世界が別のものに変わってしまったみたいで、家に帰るのが怖くてたまらなかった。

火は予想以上に大きく燃えあがった。だれかが通報したのだろう。サイレンが聞こえて、消防車がやってきた。火は消し止められ、近くにいた母とわたしはそのあとやってきたパトカーに連れて行かれた。

　わたしは母と引き離され、別の部屋に寝かされた。女性の警察官がそばにいてくれたが、不安で眠れなかった。朝になると、祖母と伊予子さんがやってきた。母はしばらく家に帰れないから、祖母の家に行くことになった、と言われた。

　川原でのことを思い出すと怖かったが、母といっしょに家に帰りたかった。だが、もちろんそんなことは許されず、川越の祖母の家に連れて行かれた。幼稚園はもちろん遠くて行けない。まわりには友だちもいない。ただぼうっと祖母の家で過ごすしかなかった。

　家に何度も多佳子さんがやってきて、母のことを悪く言った。夫に逃げられ、挙句《あげく》、警察沙汰になったのだから当然のことかもしれない。だからやめておけと言ったのに、とか、あんな派手な生活を送っていたからだ、とか、みっともなくて夫の家に話せない、とか、わたしのいる前でまくしたてた。

　数週間後、母がやってきて、わたしを返してくれ、と頭をさげた。だが祖母はうんと言わなかった。仕事もないのにどうやって娘を養う気だ、と叱責した。

　あとで伊予子さんに聞いた話によると、母にはそのころ貯金もほとんどなかったらしい。毎月父からそれなりの額の生活費をもらっていたけれど、母は服や化粧品にお金をつぎこみ、もらった分だけ湯水のように使ってしまっていた。

　貯金もない、働いたこともない、それでどうやって子どもを養うつもりだ。祖母に激しく咎められた。母は気が強かったから、ふだんなら負けずに言い返しただろう。祖母も引かないから大喧嘩になる。だがそのときは、母は土下座したまま一切顔をあげず、黙って帰っていった。もう母に会えないかもしれない。わたしは恐怖で泣くことさえできなかった。

数ヶ月後、母がきちんとした身なりで、もう一度川越の家にやってきた。貯金通帳を見せ、畳に手をついて頭をさげた。そうしてもう一度、娘と暮らしたい、と言った。

父がいたころ住んでいた都内のマンションは賃貸だったから、母はそこを出て、横浜市郊外の、駅からも遠い六畳一間の古いアパートに越していた。家財はリサイクルショップ数軒と交渉し、いちばん高値をつけてくれた店にすべて売却した。

それから、横浜のデパートの呉服《ごふく》売り場に職を得た。祖母から着物の着付けを習っていたことが大きく、器量の良さも買われたようだ。呉服売り場で働くためには着物が必要で、当初は持っていた着物でしのぎ、着物以外はジュエリーもバッグも時計も全部質に入れた。

祖母も最初は、お前に孫はまかせられない、と言い張っていたが、母が何度も何度も畳に額をこすりつけて土下座すると、渋々わたしを母に引き渡した。わたしの腕を取った母の手はひんやりと冷たく、以前より骨ばっていた。それでも覚えのある細い指の感触にほっとし、母の手を握った。

それから数年間、母といっしょにその六畳一間で暮らした。立派なダイニングテーブルもふわふわのソファもベッドもない。ごはんを食べるのも、テレビを見るのも、寝るのも全部その六畳間だった。だが母はもう泣きわめいたりしなかったし、布団をふたつならべて寝るのはなんだか楽しかった。

人あたりがよく、押しも強く、器量も良かったから、母は呉服売り場であっという間に成績一位になった。表彰もされたし、給料もあがった。生活にも少し余裕が出て、駅に近い小ぎれいな賃貸マンションに引っ越すこともできた。

仕事に行くために着物をまとうと、母は女優のようにきれいだった。行事や学校公開で母が来ると、みんなに槐のお母さん、きれいだね、と言われた。それが自慢だった。

だが、家にいるときの母はいつも疲れていて、夜になるとよく、自分は空っぽな人間だから、とぼやいた。お金のために働いているけれど、自分の好きなことなんてひとつもない、と。

槐にはわたしみたいになってほしくないから。母はそう言って、わたしを進学塾に通わせた。名門大学の付属校にはいれば、大学受験で苦労しなくてもすむ。とにかくいい大学に行ってほしい。何度も何度もそう言われ、わたしは熱心に勉強した。塾でいい成績を取れば褒めてくれるのがうれしかった。

成績がさがれば叩かれたし、お酒を飲んで帰ってくることも多かった。情緒も不安定で、人に言われなくても、いい親じゃないことなんてわかっていた。だけど母は母で、精一杯のことをしていたんだと思う。

わたしを叩いたあと、母は泣きながら、あんたは何者かにならないと、と言った。

——何者か、ってどういうもの？

——立派な人ってことだよ。

――立派？

――有名で、人から尊重される人。ほかの人に頭をさげなくても生きていける人。

母は燃えるような目でわたしを見た。その目があまりにも真剣で怖かったから、わたしは意味がわからないまま、わかった、と答えた。

わたしは何者かになろうと努力した。何者かというのがなんなのかわからないまま、とにかくいい大学に行けるように毎日勉強した。

母はわたしが高校二年の冬に死んだ。みぞれが降る夜、近くのコンビニに買い物に行った帰り、マンションの階段から滑って落ちた。ふつうなら死ぬような高さではなかったが、打ちどころが悪かった。身内だけで葬式を出したが、わたしは泣かなかったし、次の日から塾に行き、受験勉強を再開した。

伊予子さんから城倉の家に来ないか、と何度も誘われたが、断った。通っている高校からも塾からも遠くなるし、転校は受験勉強の妨げになる。ひとり暮らしをしながら学校と塾に通い、受験勉強を続けて志望大学に合格した。

だが入学したとたん、どうすればいいのかわからなくなった。母はいい大学に行け、と言った。でもその先どうすればいいのかは教えてくれなかった。何者かになるにはどうしたらいいのか。有名で、人から尊重される人。ほかの人に頭をさげなくても生きていける人。

学年があがるにつれ、自分には何者かになる力などないのだ、と思い知らされるようになった。ならばせめて一流企業に就職しなければならない、と思った。

やりたいことなどなかったのだ。だから適性検査で薦められた企業に片っ端からエントリーシートを送り、受かったのがあのホテルだった。それなりに名前は知られていたし、内定が出たことで充足《じゅうそく》感はあった。

はいってみればブラックで、毎日客の理不尽な要求に頭をさげねばならなかった。それは別にたいしたことだと思わなかった。生きていくというのはこういうことだろうとぼんやり知っていたから。

人に頭をさげなくても生きていける。

母の言っていたのはこういうことだったのか、とはじめてわかった。

やめていく同期もいたけれど、そんなつもりはさらさらなかった。どこに行ったって変わらないだろうと思った。なにもしなくてもわたしを助けてくれる人は世の中のどこにもいないから、自分で働かなくちゃならない。

職があるだけマシだと思っていた。だがそれも奪われた。

結局、わたしは母と同じ空っぽな人間だ。

伊予子さんの厚意でここにいて、のうのうと生きている。でも、ほんとはここにいる意味なんてない。生きている意味なんてない。苦しいことも嫌なこともたくさんあるのに、ただ死ぬのが怖いというだけで、生き続けなければならない。理不尽なことだ。

いつまでこれが続くのか、と考えると、気が変になりそうになる。何度寝返りを打っても、闇から逃れられない。死ぬのは怖い、でも、生き続けるのも怖い。

ただじっと耐え、目を閉じる。

綸のことも、織物の才能があることがうらやましいわけじゃない。綸にはここにいる意味がある。いる資格がある。そう思うと内臓をかきむしりたくなる。うらやましいわけでも、悔しいわけでもない。ただ自分の無意味さに吐き気がした。


全然寝付けないと思っていたのに、いつのまにか眠りに落ちていたらしい。目が覚めると外はあかるくなっていた。なんとかやり過ごすことができたんだ、と思う。もちろん、今回逃れられただけで、なにかが解決したわけではない。解決するものでもないと知っている。

あれとはずっと付き合い続けなければならない。たぶんわたしがなにかでくたばるまでずっと。やれやれ、と思いながら床を出た。

3

綸は翌日から毎日機織りをするようになった。伊予子さんは最初のうち綸の好きなように織らせていたが、一週間ほど経って、綸に話がある、と言った。

「綸が機織りをするのはとてもうれしいんだけどね。でも、糸はタダではないから」

伊予子さんの言葉に、綸ははっとした顔になる。

「ああ、でも、もう織らないで、ってことじゃないんだよ。織るのはいいんだ。でもその代わり、ここの作業を少し手伝ってくれないかな」

綸が伊予子さんを見つめる。

「うちの糸は全部うちで染めたものなんだよ。この庭で育てたものや、近所の人や植木屋さんから分けてもらった木の枝や実を使って染めるんだ」

伊予子さんが言った。このあたりには古くからの大きなお屋敷も多く、庭木もたくさんある。手入れの際には伐採された枝が出るので、それをもらい受けているのだった。

「その作業をいまはほとんど槐さんにしてもらってる。でも、最近はワークショップの申し込みが増えて、作業もたいへんになってきてる。だから、いま槐さんがしている仕事の一部を、綸に手伝ってもらいたいんだ」

わたしの仕事を？　手伝ってもらえたらありがたいが、そんなことが綸にできるのか？　どう答えるのだろう、と様子をうかがった。

綸は伊予子さんの目を見てから、黙ってうなずいた。

手伝う気があるということか。少し驚いた。

「よかった。じゃあね、早速今日から手伝ってもらおうかな。事務の仕事は槐さんでないとできないから、染め物の準備をね」

その日はどんぐり染めの準備をする予定だった。秋になると落ちてくる、あのどんぐりだ。伊予子さんの知り合いの家の庭で集めたものを昨日届けてもらっていた。

伊予子さんがどんぐりのはいったカゴを持って庭に出ると、綸もあとについていった。綸がどんぐりの整理をしてくれるなら、とても助かる。教室の事務関係のことがたまっていたから、早く片づけてしまいたかった。

それに、わたしはむかしからどんぐりが苦手だった。もちろん最初から苦手だったわけじゃない。子どもの常で、どんぐりは大好きだった。だが、外でたくさん拾ったどんぐりをポケットに入れっぱなしにしていて、数日後、手を入れたらなかでもぞもぞ動くものがあった。なかを見ると虫だった。それでうわーっと叫んで、全部外に捨てたのだ。母から何度も、穴の開いたどんぐりは拾っちゃダメ、と言われていたのに、すっかり忘れていたのだった。あのときのもぞもぞ動く感触を忘れることができず、どんぐりを見るとぞわっとする。

廊下に出て、ガラス窓越しに庭を見た。綸はどんぐりのカゴをはさみ、伊予子さんの向かい側にしゃがんでいる。背中に日差しを受け、伊予子さんの話を聞きながら黙々と手を動かしていた。

「そういえば、綸が小さいころはよくいっしょにどんぐりを拾いに行ったよねえ。どんぐりから出てきた虫を見て、飼ってみたい、なんて言って。あのときはびっくりしたよ」

伊予子さんの笑い声がして、うわあ、ここにもいたか、と思った。小学校のときの同級生にも、どんぐり虫を飼っていた男子がいたのだ。

その子は自分のペンケースのなかでどんぐり虫を飼っていて、女子たちからは、やめてよ、逃げ出したらどうするの、と嫌がられていた。結局、いつのまにかいなくなってしまったようで、その後数日はどこかに虫がいるんじゃないかとびくびくしていた。

伊予子さんは今週中に織らなければならない反物があるようで、しばらくすると自分の作業部屋に戻った。綸は庭でどんぐりのゴミ取りをしている。わたしは翌月のワークショップの案内を出したり、申し込みメールに返事を書いたりと、事務作業をこなした。

やらなければならない仕事を片づけると、もう昼近かった。三人で簡単な昼食をとったあと、塾に行くため家を出た。

わたしが勤めているのは中学受験用の進学塾だ。子どもは苦手だし、できれば一生かかわりたくない、と思っていた。最初のうちはほとんどリモートだったが、徐々に出勤することが増え、受付をまかされるようになった。

子どもは苦手なんですよね、と一応抵抗してみたのだが、久田《ひさだ》さんという古参職員は、あなたみたいな人こそ向いてると思いますよ、となまぬるい笑みを浮かべ、結局押しきられて受付に座ることになってしまった。

お金を稼がなくていい、だれかを育てる義務もない。身のまわりで起こる出来事に対して、それがただ自分にとって快か不快かだけを考えていればいい存在。その快不快を態度にあらわしていいと勘違いしている存在。

自分が子どもだったときから、わたしは子どもをそういうものだと感じていた。だから気に入らなかったし、学校でもまわりとうまくいかなかった。まわりの子たちの考えていることが全部透けて見える気がしてうんざりした。学校ではできるだけひとりで過ごし、それでいいと思っていた。

相手がいい子だとわかっていても、考えが見えてしまうこと自体が苦しかった。そんなふうに相手に隙を見せていいのか。まわりになんの警戒もしないで生きている人を目にすると、きっとだれにも裏切られたことがないんだろうな、と思い、気持ちが萎えた。

でも、いまになってみると、子どもたちもいろいろで、みんながそこまで自由というわけではないのだろう、とわかる。なんでも見えているつもりだった自分も、たいしてなにもわかっていなかったんだろう、とおかしかった。

ややこしい事務作業があって、その日は残業で遅くなった。外に出ると商店街も飲食店以外はみな閉まっていた。駅から離れると街灯も少なく、道も暗くなる。人通りもない。

仕事のうちのいくつかは、明日にまわしてもよかったのだ。もう少し早く出ればよかったと後悔したとき、うしろに妙な気配を感じた。わたしの靴音のほかにもうひとつ、同じペースの靴音が聞こえる。立ち止まってみると、うしろの靴音も止まるのがわかった。

スマホを見ているふりをして、そのまましばらく動かずにいた。靴音もしない。スマホをポケットに入れ、ふたたび歩き出すと、靴音がまたついてきた。

酔っ払いだろうか。この先は住宅街で、店はほとんどなくなる。夜は人通りもない。それでも人家が途絶えることはないから、襲われるようなことはまずないと思うけど。

夜道でつけられたときは、急いで自宅にはいってはいけない。それは自宅を教えるようなものだから。むかし母がそう言っていたのを思い出した。

家の近くに行く前に振り切りたい。走るか？　でも、そうしたらわたしが気づいていることを相手に悟らせることになるだろう。できればさらっとさよならしたい。

靴音は近づきもしなければ、遠ざかりもしなかった。ずっと同じ距離感でついてくる。まわりがしずかなだけに靴音が気になって、冷や汗が出てきた。

少し離れたところに灯りが見えた。よく行くコンビニだ。とりあえずあそこにはいろう。そう決めて、歩くペースを速めた。自動ドアが開き、なかにはいった。煌々とした蛍光灯にほっと一息つく。

わたしのあとにはいってくる客はいない。ということは、店の外で待っている、ということ？　雑誌の棚の前のガラス窓から、それとなく外の様子をうかがう。人影はどこにも見えない。でも、隠れる場所はいくらでもある。

「どうかしましたか」

うしろから声がして、跳びあがりそうになった。見ると、顔馴染みの店員さんだった。ストレートの髪をうしろでひとつに結んでいる。名札には「シュウ」と書かれているが、イントネーションが少し変わっているからたぶん外国人で、夜によく店にいる。

仕事は早いし気は利くし、昼間のスタッフより対応がいいから、宅配便を出すときなど、わざわざシュウさんがいそうな夜の時間帯を選ぶこともあった。向こうもいつのまにかわたしの顔を覚えて、見るとあいさつしてくれるようになった。

「なんか、駅の方からつけられてたみたいな感じで……」

　思い切ってそう答えた。だが、口にしてみると、なぜか急に意識しすぎだったようにも思え、気のせいかもしれないんですけど、と付け足した。

「ええー、危ない」

　シュウさんはそうっとガラス窓から外をうかがった。人影はない。

「だれもいないですよね。大丈夫です」

「ううん、ダメダメ。隠れてるかもしれない。暗いから、気をつけないと」

　彼女は手招きして、そうっと店の奥の通用口の扉を開けて、外に出してくれた。

「ここから向こうの道に渡って」

　彼女に言われた道を見た。少し遠まわりになるが、その道ならコンビニの陰になって、店の外から見えない。わたしは彼女に礼を言って、恐る恐る早足で家に戻った。

　家の前に着いたとき、まわりにだれもいないか何度も確かめた。もう足音もしない。急いで鍵を開けて、なかにはいった。

　伊予子さんを心配させるのが嫌で、つけられたことは言わず自分の部屋に戻った。暖房をつけ、服を着替えると、肩の力が抜けた。

4

十一月半ば、近所の人が臭木《くさぎ》の枝を持ってきてくれた。臭木は秋に紫色の小さな実をつけ、煮出して染めると、晴空のようなうつくしい薄青の色になる。

臭木という名は匂いが良くないところからついた名前で、実際、カメムシのような臭いがある。それで庭に植える人は少なく、臭木を使うときは野生のものから採るしかない。といってもそんなにめずらしい植物ではないから、探せばけっこう見つかるのだそうだ。

染める前に、まずは枝から実だけを外さなければならない。

あの日以来、綸は毎日染め物の手伝いをするようになった。その日に届いた実や枝や幹をきれいに洗い、煮出して、糸を染める。伊予子さんの話では、態度は安定しているし、仕事も正確で、相変わらず口はきかないが、うなずいたり首を横に振ったりと、意思表示はしっかりするようになってきたようだった。

それまでわたしがしていた境目を織る作業も綸がしてくれるようになった。手伝いが終わると自分の織物をする。あいかわらず青い糸ばかり使っているようで、伊予子さんはこのままだとほんとに糸がなくなってしまうかもしれない、と言っていた。

テーブルに臭木の枝を置き、三人で実を外していく。枝はこんもりとしているが、小さい実なので、実だけにするとほんの少しになってしまう。午前中いっぱいかかって、大きなボウルいっぱいの実を集めたあと、試しに少し染めてみることになった。

草木染めは天然の植物で染めるから、植物の状態によって染まり具合が変わる。臭木も熟し具合で色の出方がちがう。見ると、まだ白っぽさが残る実から、真っ青な実、少し茶色がかった実などいろいろ交ざっている。

染めるときに茶色の実を入れると黄色っぽい色になってしまうらしい。白っぽい実も真っ青にならない。だから、青い実だけよりわけてガーゼの袋に入れた。

鍋に水を入れて沸騰《ふっとう》させ、実のはいったガーゼを入れる。しばらく煮込んでいると、お湯にだんだん色がついてくる。青緑に近い色だ。綸はじっと鍋のなかを見つめている。

もしかして、青だから？　ふいにそう思った。

じゅうぶんに色が出たところで、伊予子さんが糸の束を持ってきて、綸に手渡した。

「じゃあ、浸けてみよう。熱いから気をつけて」

伊予子さんにうながされ、綸は糸をさっとお湯に入れた。

草木染めでは入れてすぐにぱっと糸に色がつくわけではない。ムラなく染まるよう、熱いお湯のなかで糸の束をゆっくりまわす。何度もまわすうちに、だんだんと糸に色がはいっていく。

「いまは化学染料がほとんどだけど、むかしは自然のもので染めるしかなかったから。日本では縄文時代から染め物がおこなわれていたんだって」

伊予子さんが言った。

「そういえば大学の授業で習った和歌のなかにも、染め物や染料になる植物の名前がはいったものがいくつもありました」

「紫や茜は古くから歌われてるよね。寒さを防ぐだけなら糸の色のままで良いはずなのに、人はなぜか糸を染める。防虫のような実用的な効能を持つ植物もあるし、魔除けの意味合いがあるとも言われているけど、それだけじゃないよね。人間はむかしから色にあこがれる。色をまとい、身のまわりを色で飾る」

そんなことができたのは身分の高い人だけだったのだろうが、人の心に色へのあこがれがあるのはまちがいのないことだ。

「草木染めはおだやかなものに思われることが多いけど、植物の命を使うものなんだよね」

動物というものはすべて、ほかの命を奪うことで生きている。自分で殺さないからわからなくなってしまっているが、人はずっとだれかが殺したものを食べて生きている。ときどきそのことが重くてたまらなくなる。ほかの生き物の命を奪ってまで、自分が生きる意味なんてないんじゃないかと思う。

「あお……」

つぶやき声が聞こえ、はっと見ると綸の口元が動いていた。

綸がしゃべった……。あの洗濯物の日以来のことで、思わず綸の横顔を見つめた。

「そう、青だよ」

伊予子さんは綸の方を見ることなく、あたりまえのように答えた。

臭木の青は、藍の青よりさらっとしている。混じりけのない、あかるく澄んだ青。藍以外で青系の色を得られるのは臭木くらいしかない。前に伊予子さんがそう言っていた。

「世界は色に満ちていて、人は色にあこがれる。でも、直接染まることはできないから、布に移して身にまとうのかもしれない。食べることはどんな動物でもするけど、そんなことをするのは人だけ。おかしなことだよね」

伊予子さんは少し笑った。


庭に出て、糸を媒染剤に通し、水洗いした。

糸を絞って、両手にかけてぱんとのばし、物干し竿にかける。電話が来て伊予子さんが部屋に戻ったので、綸とふたりで水洗いを続けた。

よく晴れて、ぽかぽかしている。水のなかの糸がきらきらと光り、糸に命が宿っているように見えた。

たしかに空の色と似ているが、空には実体がない。人の目にそう見えているだけで、青い物質がどこかにあるわけじゃない。糸はちがう。糸は繭から取られたもの。蚕という生き物が生み出したものだ。そこに植物から取り出した色を移す。

命を吸い取ってできたもの。だからだろうか、かぼそく弱々しいものが必死で命にしがみついているような儚さがあり、うつくしいけれど、見ていると切なくなった。

そのとき、離れの屋根にとまっていた鳥が急にばたばたと飛び立った。

「槐さん」

鳥の姿を目で追っていると、綸の声がした。

「鳥が飛ぶのって不思議ですよね」

綸がはっきりとそう言った。そんなに長くしゃべるのを聞いたのははじめてだった。

「飛ぶのがあたりまえだと思ってる人も多いでしょうけど、僕はちがうと思うんです」

綸はなめらかに話し続ける。

「ちがう？　どうして？」

驚きのあまり、声が出たことについては触れることができず、ようやくそう答えた。

「鳥が高いところを飛べるのは、落ちることを恐れないから。そう言っていた人がいたんです。人以外の動物は、死を恐れない。死の先にあるものを想像しない。だから飛べるんです。もし鳥が死を想像できたら、鳥だって飛べないはず」

綸は話しながらじっと空を見あげている。そこにはもう鳥の姿はない。

恐れとはつまり、先を思うこと。だから夢も希望も恐れもたぶん根っこは同じ。動物には夢も希望も恐れもない。それはわからないこともない。

でもなぜ、いま急にそんなことを話す気になったんだろう。

「動物の目がうつくしいのは、恐れがないからだと思うんです。でも、動物の目を見ていると怖くなる。心がないように見えるから」

綸の目尻に涙がにじんでいることに気づいた。

なぜ泣いてるんだ？

急にしゃべり出したことも、なぜそんな話をしたかも、なぜ泣いているのかもわからない。

なにをどう訊けばよいのか見当もつかず、ただ立ちつくしていた。

綸が水から糸を引きあげる。青い糸がきらりと光る。綸は糸を両手にかけ、ぱんぱんとのばして竿にかけた。

三章　藍

1

十二月にはいると、街はクリスマスらしい雰囲気になった。綸はあの日から少しずつふつうに会話できるようになってきた。無駄なおしゃべりはしないが、必要なことは言葉で伝えられる。

だれかにつけられた日から、あまり遅くならないようにしていたこともあり、その後は妙な人の気配を感じることもなく過ぎていった。あのときはひやっとしたが、時間が経つと遠のいてしまい、やはり気のせいだったのかもしれない、と思った。

だがその日は残業が多く、塾を出るのが少し遅くなった。忘年会シーズンということもあり街はにぎやかだったが、駅から離れるとだんだん人の気配がなくなってくる。

商店街のはずれに近づいたとき、うしろから足音がした。立ち止まったり、早足にしたりしてみると、足音もそれに合わせてペースを変えた。この前は姿まで確認できなかったが、ちらりとふりかえって、不審な男の姿も見えた。

駅の方に戻るべきなんだろうか。でも、戻ったところでいつかは帰らなければならない。商店街を抜ければ、人通りが少なくなる。あのコンビニに寄ってもシュウさんがいるとはかぎらないし、同じ手でうまくいくかもわからない。

といって、警察に電話しようとは思えなかった。いろいろ面倒なことを訊かれた挙句、結局だれも来てくれないんじゃないかという気がした。どうしたらいいかわからず、とりあえず商店街沿いの二十四時間営業のスーパーにはいった。

綸に迎えに来てもらおうか。ふいに、そう思いついた。なんでもないとは思うが、伊予子さんに来てもらうわけにはいかない。でも、綸なら若い男性だし、いっしょにいればつけてきている男も手を出せないだろう。

しばらく迷ったが、ほかになにも思いつかず、綸のスマホに電話した。番号は前に伊予子さんから聞いていたが、電話をかけるのははじめてだ。出てくれるのか不安だったが、意外なことに電話はすぐにつながり、すぐに行くからスーパーのなかにいてください、と言われた。

スーパーの入口付近をうろうろしながら、出入りする客を見ていた。さっきの男の姿はない。

あれはだれなんだろう。

いまの職場はトラブルもなく、うまくやっているつもりだ。じゃあ、前の職場？　解雇されてだいぶ経っているし、そもそも同僚とあまり関係を持たないようにしてきた。大学時代につきあって別れた男は何人かいたけど、変にこじれたことはなかったはず……。

「槐さん」

うしろから声がして、ふりかえると綸だった。こんなに早く着くとは思っていなかったので、少し驚いた。

「ありがとう。気のせいだと思うんだけど」

「そうかもしれないけど、そうじゃないかもしれない」

綸は無表情に答える。

「とにかく、帰りましょう」

綸に言われて、店を出た。待ちぶせている男なんて見当たらない。やっぱり気のせいだった、と思ったとき、向かいの歯医者の建物の陰から男が現れた。早足でこっちに近づいてきて、わたしたちの前にぬっと立ちはだかる。

綸がびくんとするのがわかった。

「中里《なかざと》さん」

男が低い声で言った。ジャンパーのフードとマスクで覆われていて、顔はよくわからない。だが、身体が左右に不安定に揺れていて、様子がおかしいことは一目瞭然だった。

しかも名前を呼んだ。わたしじゃない。

中里は綸の苗字だ。

なにが起こったのかわからなかった。

この人、綸のことを知ってる？　わたしじゃなくて、綸に用があったってこと？

綸が川越の家に来てから、荷物を持ってもらうために何度かいっしょに買い物に出たことがある。綸はそれ以外はほとんど家から出ない。どこかで綸とわたしがいっしょにいるのを見かけ、その後、仕事帰りのわたしの姿を見かけたとか……？

男がじりじりと綸に近寄ってくる。綸の知り合い？　でも大学生には見えない。わたしより年上に見える。綸はなにも答えず、ただ突っ立っている。

これはやばい。そう直感した。男の両手はポケットにはいっている。刃物を隠し持っていて、切りかかってくる可能性だって……。

「……ミトはなんて言ったんだ」

男が小さな声で言った。男が綸に詰め寄り、綸は一歩あとずさった。

ミト？　ミトってだれだっけ、どこかで聞いたような……。

「教えてくれ。ミトは最後になんて言ったんだ」

男が声を荒らげる。綸は首を横に振った。

「知らない」

「そんなはずない。隠さないで話してくれ」

「わからない。何度も言ったじゃないか。僕はなにも知らない」

ミト……。

――飛び降りに巻きこまれた？　それってもしかして、画家の武井未都の事件？

鈴音の言葉を思い出した。

ミト……未都。じゃあ、この男は武井未都の知り合い？　いや、若手の女性画家という話だったし、単なるファンという可能性もある。でも、報道では綸の名前は出なかったはず。なんで巻きこまれたのが綸だって知ってるんだ？

「ねえ、ちょっと」

わたしは男に話しかけた。男がこっちに視線を向ける。スーパーに出入りする人たちがちらちらとこっちを見ているのがわかった。

これだけまわりに人がいるんだ。そうそう変なことはしないだろう。

「だれだか知らないけど、本人が覚えてないって言ってるんだから、あきらめなさいよ」

わたしがそう言うと、男はこっちを向いた。

「だいたい、なんでそんなこと綸に訊くの？　綸はただその人の飛び降りに巻きこまれただけでしょ？」

男はなにも言わず、ただぎろっとわたしをにらんだ。

「うわー、こわーい」

大袈裟に言ってまわりの人の方をながめた。かかわりたくない、という感じで遠ざかっていく人がほとんどだったが、店のなかに急ぎ足ではいっていく人も見えた。あの人が、警備員か店員に通報してくれるといいんだけど。

「ちがう」

急に男が言った。

「どうちがうの？」

「ちがうんだ」

男は怒鳴り声をあげ、わたしにつかみかかってきた。やばい、言いすぎたか、と思ったときには、ぐいっと胸ぐらをつかまれていた。

「おい、なにしてるんだ」

声がして、店から店員と警備員が出てくるのが見えた。男ははっとしてわたしを突き飛ばし、走って逃げていった。警備員がそれを追いかけていく。

店員がわたしたちのところに来て、大丈夫ですか、と言った。なにがあったか訊かれたが、面倒なことになるのが嫌だったので、まったく知らない人に突然からまれた、と答えた。

「そちらの方は、お連れさまですか？」

店員が立ち尽くしている綸の方を見た。まだ若い男性の店員は、不慣れでおどおどしている。綸の方も顔が真っ青だった。

「はい、連れです。具合が悪いみたいなんで、タクシー呼んで、帰ります」

わたしはそう言ってスマホを取り出し、タクシーアプリで車を呼んだ。ここから家までたいした距離じゃない。でもまた途中であの男に遭遇したりしたら面倒だ。タクシー代は痛いけど、まあ、仕方がない、と思った。

タクシーはすぐにやってきた。車に乗りこむと、急に力が抜けた。男に侮られないように平静を装っていたが、心臓はずっとばくばくしていた。背中が汗で濡れている。さっきまでは身体が熱を持っていたので感じなかったが、急に身体が冷え、寒さにふるえた。

綸が小さな声で、すみませんでした、と頭をさげた。

「別に、綸は悪くないでしょう」

わたしは両腕で自分の身体を抱いたまま、そう答えた。

「今日のこと、伊予子さんには言わないでもらえますか」

綸がわたしの顔をじっと見る。

「え、なんで？」

わたしが訊くと、ぐっと黙った。

「さっきの男、前からなんです」

しばらくして、綸はぼそっとそう言った。

「前からって？」

「僕が伊予子さんの家に来る前から、ってことです」

「家にいるころからつきまとわれてたってこと？」

「そうです。巻きこんでしまってすみませんでした」

綸はまた頭をさげた。

「だから、綸は別に悪くないでしょ？　まあ、そういうことがあったって話しておいてもらった方がよかったのかもしれないけど……」

しかし、綸の家は都内。まさか、あの男が川越に現れるとは思っていなかったのだろう。

「あの男のこと、ご両親には話したの？」

綸は首を横に振った。

「今回のこと、伊予子さんに黙っておいてもらえますか」

綸がもう一度言った。

「そう言われても……」

危害を加えるようなことまでは起こらないかもしれないが、つきまとわれるだけでもじゅうぶん迷惑だ。警察に通報すべきなのか。そうなれば伊予子さんに隠しておくわけにもいかない。といっても、この程度のことで警察がなにかしてくれるとも思えないけど。

「気持ちが落ち着いたら、僕から言います」

有無を言わせない口調に、仕方なく、わかった、と答えた。

それにしても、あの男はどうして綸がこの町にいると気づいたんだろう。そもそも、あの男が気にしていた未都の言葉ってなんだ？　どうして綸が知っていると思ったんだ？

訊きたいことはたくさんあったが、車はすぐに家に着いてしまった。

2

家に帰るなり、伊予子さんになにがあったのか訊かれ、途中のスーパーで買い物に来た綸と偶然会ったのだ、とごまかした。

「でも、店で綸が気分が悪くなっちゃったみたいで。それでタクシーで帰ってきたんです」

「そうなの？　大丈夫？」

伊予子さんが心配そうに綸を見た。

「大丈夫です。久しぶりに全力で自転車を漕いだので……。あ、自転車！　スーパーの前に置いてきてしまった」

綸があわてたように言った。綸は離れの物置きで、以前茉里さんが使っていた自転車を発見し、使えるように手入れしていたらしい。さっき予想以上に早かったのは自転車で来たからだったのか。そんなことを考える余裕もなかった。

「いまからは行けないでしょ？　明日取りに行ったら？」

「じゃあ、スーパーに電話しときます。放置してたら回収されちゃうかもしれませんし」

わたしはそう言った。さっきの警備員に事情を話せばわかってもらえるだろう。

「そうね。じゃあ、綸、先にお風呂にはいってね」

伊予子さんに言われ、綸は浴室に向かった。わたしはいったん居間を出て、廊下でスーパーに電話した。店の人に事情を話すと、明日までなら従業員用の駐輪場で預かっておく、と言われた。

伊予子さんがお茶を淹れてくれ、飲みながらあたりさわりのない会話をしているうちに寒気もすっかりおさまっていた。ほどなく綸が戻ってきて伊予子さんが風呂に行った。綸はぐいっと水を飲み、わたしの向かいの椅子に腰をおろした。

「槐さん」

綸が話しかけてくる。わたしは顔をあげて綸を見た。

「槐さん、さっき、あの男に事件のことを話してましたよね。なんであの事件のことだってわかったんですか。事件のこと、どれくらい知ってるんですか」

綸は車のなかではこの話をしなかった。動転してそこまで頭がまわっていなかったのかもしれない。人心地がついて、ようやく思いいたったということか。

「ほとんどなにも知らないよ。事件がらみだってわかったのは、あの男が、ミトって言ってたから。武井未都の名前も、最近たまたま友だちと話していたときに話題になって、それを覚えていただけ」

「じゃあ、武井未都のことを知ってたわけじゃないんですね」

「うん。若手の画家だってことは聞いたけど、美術なんてよく知らないし。綸はその人が画家だって知ってたの？」

「いえ」

綸は即座に答えた。

「知りませんでした。病院で意識が戻ったあと、警察の人から僕の上に落ちてきた人の話を聞いて、自分で調べたんです」

無理からぬことだ。わたしだってきっとそうする。

「そしたらすぐにサイトが見つかって……。所属作家の作品を公開するためにギャラリーが作ったサイトです。そこではじめて彼女の絵を見ました」

「どんな絵なの？」

「風景のような、抽象画のような……。何度もそのギャラリーで個展を開いていたみたいで、その評判もよくネットにあがってました。検索すればすぐ見つかります」

「ということは、さっきの男もファンのひとりなのかな」

「さあ、そこまでは……」

綸は言葉を濁した。

「でも、新聞やニュースでは綸の名前は報道されなかったんだよね？」

「はい」

「じゃあ、あの男はどこで綸のことを知ったんだろう」

「それは……」

綸が言いにくそうに下を向く。

「動画のせいだと思います」

「ネットで拡散された動画のこと？　飛び降り直後の動画が拡散されたって聞いたけど」

「そうです。たまたま通りかかった人がＳＮＳにあげた動画で……」

綸によれば、事故にあったのは綸の通う大学の近くの路上だったらしい。たまたま通りかかった高校生が人が落ちたのを見て、現場を動画で撮影し、自分のＳＮＳに投稿してしまったのだ。動画はあっという間に拡散した。

その動画には周辺の風景も映りこんでいて、すぐに場所が特定された。綸と同じ大学の学生のなかに倒れているのが綸だと気づいて投稿した人がいて、その情報によって綸の大学も名前も特定されてしまったのだ。

　動画はその後削除されたし、動画をＳＮＳに流した高校生も厳重に処罰されたらしい。それでもいったん拡散したものを取り消すことはできず、綸の名前も知れ渡ってしまっていた。事故から二週間意識がなかった綸自身はそのことを知らなかったし、綸の両親もネットでの騒動のことなど気がつかなかったのだろう。

「退院して、久しぶりに大学に行こうと歩いていたとき、急にあの男が現れたんです。そして、さっきと同じように『未都は最後になんて言ったんだ』って訊いてきた。最初はなんのことかわからなくて。亡くなった人が武井未都という名前だということは知っていましたが、『最後に』もなにも、ぶつかってすぐに倒れて、なにも聞いてませんでしたから」

「それで？」

「わからないって答えたんです。でも、彼は納得しなかった。そのときはたまたまわりに人が大勢来て、彼は去っていきました。次の日も大学に行くとあの男がいて……。いろいろ調べて、僕の名前が流出していたことを知りました」

「だから大学に行けなくなったの？」

「いえ、それはそういうことではなくて……。そもそも、大学に行ってもしょうがない、という気持ちがあったんです。事故のあと、なにを見ても心が動かされない状態になってしまって……。色のないざらざらの砂のなかにいるみたいで、なにを見ても、なにを聞いても、なにも感じない。なんというか、生きている気がしなくて」

　綸は机に両肘をつき、顔を伏せた。

　なにを見ても心が動かされない。なにを見ても、なにを聞いても、なにも感じない。

　わたしも母が死んだあと似たような状態になったのを思い出した。

「事故にあう前の自分に戻りたい？」

「わかりません。事故にあう前の自分と、いまの自分がつながってないように感じることもあるし……。それ以前の自分の方がいいかというと、そうでもない気もして」

　綸はうつむいたままぼそぼそと答えた。それまでも家には理解者がいなかったのだろうし、もしかしたら事故にあう以前から心に問題を抱えていたのかもしれない。

「落ちてきた女性のことは？　彼女のことを恨んでる？」

　そう訊くと、綸は即座に顔をあげた。

「恨む？　なんで？」

　意味がわからない、という表情だった。

「だって、綸はそれで大怪我したんでしょう？　もしかしたら死んでたかもしれない。就活とか、その後の人生も変わっちゃったわけで」

「恨んでないです」

　綸はきっぱりとそう答えた。

「むしろ、助かったのが僕でよかったのかな、って思います。彼女はすごい才能の持ち主だったんです。それはサイトの絵を見ただけでわかりました。あの人が死んで、僕が生きているのはおかしいんじゃないか、って」

綸はあたりまえのように言うが、正気とは思えなかった。巻きこまれて死にかかったのに。そんなふうに思うのは、自分が生きていることに意味を感じていないから？

じっと見つめると、綸はすっと視線をそらした。

「うまく説明できません。とにかく、恨んでないです。むしろ、だれよりも近しい人と感じている気がして」

だれよりも近しい？　どういう意味なんだろう。

そのとき、居間の扉が開いた。伊予子さんが戻ってきたのだ。

「あれ、綸、まだ起きてたの？」

伊予子さんが不思議そうな顔をした。

「いま寝るところです。おやすみなさい」

綸はそう言って部屋を出て行った。

そのあとわたしは風呂に行った。あの男につかみかかられたときのことを思い出し、一瞬身体がぶるっとした。挑発したのはまずかった。ああいう状況になると頭に血がのぼって、あとさき考えずに行動してしまう癖がある。

バカだな、わたしは。自分の行動が頭に浮かび穴があったらはいりたい気持ちになる。湯船に浸かり、頭までお湯に潜った。

自分の部屋に戻ってから、パソコンで武井未都の名前を検索した。綸の言っていたサイトはすぐに見つかった。武井未都の名前は所属作家のいちばん上に載っていて、このギャラリーの中心的な作家だったのだろうと想像がついた。

武井未都のページを開く。画面一面に青っぽい像が浮かびあがった。

これはなんだ？　水面？

揺れる水面になにかが映っている。だが、像はちらちらと分解され、なにが映っているのかわからない。描かれているのが水面だけなので、それがなにかはわからない。

海や湖などを描いた絵はよくある。だがそれは海や湖として描かれたものだ。まわりの木や建物や人々と同じように水面がそこにある。ところが武井未都の絵のテーマは、風景でも水でもなく、そこに映る像みたいだ。

その像の本来の姿にも関心がない。揺れる水面の、反射でばらばらになった像だけをそのまま映し出している。暗い色、淡い色が重なり、踊る。頼りない、瞬間ごとに崩れる光の姿。しずかだが、どこか暴力的にも見える。

それは「揺らぐもの」という連作のひとつだった。サイトにはギャラリーというページがあり、そこに「揺らぐもの」のほか、「雨音」「影」「まぼろしの街」と名づけられたまとまりごとに作品が掲載されていた。

どれも実体ではなく、どこかに映った像のようなものばかりだ。映っているのは人や建物や植物などさまざまだが、みなゆがんだり、ばらばらに散らばったりして、元の形を失っている。そして、どの絵も暗く、青みがかっている。

壊れた世界だ。意味を失った像なのに描写の密度が高く、崩れた像がどれもなまなましく見える。画面にみなぎる緊張感で息がつまりそうだ。

一枚ずつ絵をめくり、最後まで見終わってようやく息をついた。あっという間だと思っていたが、数十分が経っていた。

これはなんなんだろう。ネットにあがった画像を見ただけでこうなるのだから、実物を前にしたら圧倒されてしまうにちがいない。綸が、すごい才能の持ち主、と言っていた意味が少しわかった気がした。

そのときスマホの着信音が鳴った。音がどこで鳴っているかわからず、しばらくぼうっとしてから、鞄のなかだと気づいた。画面を見ると、鈴音からだった。

「ごめんね、夜遅くに電話しちゃって。今日、前に話した布小物のクリエイターと打ち合わせがあって……」

出るなり、鈴音の声がした。布小物……。一瞬なんのことか思い出せず、すぐに返事ができなかった。

「あ、ああ、布のこと……。どうだった？」

ようやく伊予子さんの布の話だと気づいた。

「どうしたの？　体調悪い？」

わたしの声がいつもとちがったのだろう。鈴音が訊いてくる。

「ううん、大丈夫。なんでもないよ」

そう答えたものの、急に現実に引き戻されたようで、頭がついていかない。

「クリエイターは伊庭《いば》さんっていうんだけど、端切れを見せたらすごく気に入ってくれた。紬っていうからもっと素朴な民芸調のものを想像してたみたいなんだよね。でも、見たとたん、これは素敵ですね、いわゆる民芸調とは全然ちがって北欧デザインのような雰囲気もある。色調もシックで大人っぽいし、いいものが作れそうだって」

「そう」

ぼんやり答えた。

「で、早速なにを作りましょうか、って話になったんだ。彼女は、普段使いできるものがいいけど、高価な布だから特別感もほしいですね、って言うんだよね」

鈴音の声は弾んでいた。

「たとえば同じ大きな布を使っても、トートバッグときっちりした金具のついたバッグではつけられる値段がちがうでしょう？　アクセサリーとかもいいけど、せっかくだから布をしっかり見せられるだけの面積があった方がいい。あと、和装小物にしちゃうと着物のときしか持てないでしょう。だから、お財布とかバッグかな、って」

「そうだね」

「伊庭さんはがま口とかの金具の使い方もうまくてね、アンティークのがま口をつけたら素敵かも、って。いくつか試作品を作ってくれることになったから、完成したら伊予子さんにも見てもらえるかな」

「う、うん……」

「槐、ちょっと、話聞いてる？」

　わたしがあまりにも生返事だったからだろう。鈴音の声が大きくなる。

「ごめん。実は今日ちょっと変なことがあって……。それで頭がぼうっとしちゃってて」

「変なこと？　なにがあったの？」

「いや、帰り道、変な男につけられて……」

「え、つけられた？　どういうこと？」

　鈴音の声色が変わる。

「実は前にも一度つけられたことがあって。そのときは途中でうまく振り切ったし、思いちがいかもって思ってたんだけど」

「二度目？　それは警察に言った方がいいんじゃない？」

　鈴音が心配そうな声になった。

「うん、でもね、いわゆる変質者とかじゃないことはわかったんだ。男の狙いはわたしじゃなくて、綸だった」

「ええっ、綸くん？　どういうこと？」

「よくわからない。でも、綸の名前もちゃんと知ってて……。東京の家にいたころからずっと続いてたんだって。どうも例の飛び降り事件に関係があるみたいで」

「武井未都の事件？」

「そう。その男、綸に何回も『未都は最後になんて言ったんだ』って訊いてたんだ」

「最後に？　ダイイングメッセージみたいな話だね。でも、綸くんは建物の下にいて、落ちてきた武井未都とぶつかったんでしょ？　最後にって言っても……」

「そうなんだよね。綸によると、ぶつかってすぐ意識を失ったみたいで。武井未都のことも病院で意識が戻ったあとに自分で調べて知ったらしいし」

　わたしがそう答えると、鈴音はうーん、とうなった。

「武井未都はけっこう売れっ子だったみたいだよね。ギャラリーのサイトに行ったら、いちばん上に名前があった。だから、その男もファンだったのかな、とも思ったんだけど」

「ファンか……。あり得ないわけじゃないけど……」

「綸が川越にいることをどうして知ってるのかも謎なんだよね」

「捜し出したんだとしたら、相当の執念だね。とりあえず、ちょっと調べてみるよ。仕事の知り合いで美術関係にくわしい人がいるから」

　鈴音にそう言われ、ほっとした。綸から伊予子さんには話さないように頼まれていたし、だれにも相談せずひとりで抱えこむのが不安だった。こうして人に話したことで、少し肩の荷がおりた気がした。

3

翌日の塾の帰り、自転車を取りにスーパーに寄った。綸は自分で行くと言ったが、今日は早番だし帰りは遅くならない、わたしが寄って取ってくるよ、と説き伏せたのだ。

スーパーでレジの人に話すと、昨日の店員が出てきた。

「昨日はすみませんでした。自転車を取りに来ました」

「あ、自転車……。あとでご案内しますが、それよりすみません、あの男のことでお話が……」

店員はおどおどした様子で言う。

「なんですか」

「実はあのあと、あの男は警察に取り押さえられまして」

「え、ほんとに？」

「入口で揉めてる人たちがいる、ってお客さんに言われて、僕たちも一応警察に通報してたんですよ。警備員が男を追いかけていったでしょう？　そこにちょうど警察の人がやってきて、逃げてる男を取り押さえてくれたみたいなんです」

「そうだったんですか」

「で、うちの店もいろいろ訊かれて。それで、警察の人がお客さんからも話を聞きたいって……」

店員はそう言ってちらっと店の奥を見る。

「あ、ちょっと待ってもらっていいですか？　店長からお伝えしたいことがあるので」

「え、ええ、まあ……」

面倒なことになりそうだが、あの男がどうなったのかは知りたい。それで渋々うなずいた。

店員は奥にはいり、別の男性といっしょに戻ってきた。四十代くらいで、体格がいい。わたしを見ると即座に頭を深々とさげ、この店の店長ですと名乗った。

「このたびはほんとうに申し訳ありません。警察の方から、お客さまのことも訊かれまして、お名前も連絡先も控えていなかったので、そのときはわからないと答えるしかなくて」

店長がちらっと若い店員の方を見る。店員は頭をさげている。これは勝手にわたしたちを帰してしまって、あとでこっぴどく叱られたんだろうな、と気づいた。

「警察にはわたしどもの方からも事情をお話ししたんですが、あの男はお客さまの知り合いではないんですよね」

店長がうかがうようにわたしの顔を見た。知り合い同士のいざこざかどうかを確かめたいのだろう。

「はい、まったく知らない人です。急につかみかかってきて」

綸がつきまとわれていたわけだから、まったく知らない人というのとも少しちがうのかもしれないが、そんなことまで話さなくてもいいだろう、と思った。

「そうですか。最近は怖いですからねえ」

店長が大袈裟にうなずく。

「そうしましたら、お客さまにはたいへん恐縮なのですが、警察の方ももう少し事情を知りたいみたいで……。お客さまの方から連絡してみていただけないでしょうか。連絡先は……」

エプロンのポケットから名刺を取り出し、わたしの前に出した。

「こちらです。この番号にかけてほしい、ということで」

「わかりました」

時間のかかりそうな話だが、男がどうなったか知るためには連絡するしかなさそうだ。

話が終わると店長はバックヤードに戻っていき、さっきの店員が自転車置き場まで連れていってくれた。

家に戻ると、居間には伊予子さんだけがいた。綸と話すために離れに行き、男が警察につかまったらしい、と話した。

「警察がわたしたちにも事情を聞きたい、って言ってるみたいなんだけど。どうする？」

「事情を……？　そうか、そうですよね」

「警察で話すとなったらそれなりに時間を取られるとは思うけど。でも、あの男がどこのだれで、いまどうなってるかを知るためには警察に行くしかないよ」

綸はうつむいて考えている。

「警察がなにかしてくれるかはわからないけど、話せば男に関する情報を教えてくれるかもしれない。こんなことが続いたら困るでしょ？　伊予子さんにも迷惑がかかるかもしれないし」

そう説き伏せると、綸も納得したようだった。

次の日警察署に行くと、綸とわたしは別々の部屋に通され、それぞれ別の警察官から事情聴取を受けた。口裏を合わせられないように、ということなのだろうか。綸と相談して、武井未都の事件と綸がその後あの男につきまとわれていたことはきちんと話すと決めていた。

わたしは数日前に男につけられたこと、あの日、男ともめるまでは綸がつきまとわれていると知らなかったことを正直に話した。男とのやり取りについては、頭に血がのぼっていたこともあって細かい記憶は飛んでしまっていたが、警察官に何度もくりかえし同じことを訊かれるうちに、ある程度証言できたみたいだ。

わたしはもう長いこと綸がつきまとわれていることをアピールして、あの男が何者なのか、綸がここに来たことがどうしてわかったのか、いまどこにいるのかなどを教えてくれと頼んだ。それがわからないとこっちも安心できない、と。

警察は男のことをすべて話すわけにもいかないようだったが、タチが悪いと考えたのか、ある程度のことは教えてくれた。男は武井未都と自分のあいだに特別な信頼関係があり、自分はだれより未都を理解していたし、未都もそれをわかっている、と主張しているらしい。

「でも、男の素性を見るかぎり、ほんとうにその女性と関係があったとは思えないんですよね。ただのファンで、関係妄想ってやつだと思います。こういう事件ではよくあるんですよ」

たしかにストーカー事件ではよくある話なんだろう。だが、男が武井未都をつけまわすならわかる。問題は、巻きこまれただけの綸をつけまわしているということだ。

「それで、どうして綸をつけまわしてたんですか。武井未都の最後の言葉がどうとか言ってたんですけど、それはどういうことかわかりますか」

せっかくここまで来て、長い時間事情聴取を受けたのだ。こっちもある程度情報を得ないと割に合わない。

「そこはまだ……。男がはっきり答えないので……」

警察官は渋い顔で答えた。

「川越まで追いかけてくるなんて、かなり悪質だと思うんです。このままでは安心できませんし、なんとかならないんですか」

「厳重に注意はしましたよ。それで、今日身元引き受け人に来てもらうことになってます」

「え、身元引き受け人が来たら釈放されるんですか？」

驚いて訊いた。

「怪我人が出たわけじゃないですから」

「でも、精神がおかしい人かもしれないじゃないですか。野放しにするって……」

「ですから、身元引き受け人に来てもらうんですよ」

「つまり身内ってことですよね？　それだけなんですか？　こっちはまた来られたらと思うと、気が気じゃないんですけど」

「注意はします。なにかあればこちらに電話していただければ」

取り付く島もない。

事情聴取は綸の方が時間がかかっているようで、わたしは部屋の外で綸を待つことになった。ここまで来たけれど、ほんとうに得るものがあったのか。とりあえずくりかえし被害にあっていることは訴えたし、それでよしとするしかない。

綸の事情聴取が終わり、わたしたちはふたりで警察署の外に出た。綸の方も得られた情報はわたしと似たり寄ったりだったようだ。これでほんとうにストーカー行為がなくなるのかわからず、釈然としない気持ちで帰途についた。

4

一週間が過ぎた。そのあいだ、男は一度も現れなかった。たいして期待していなかったが、警察が話していた身元引き受け人が男をしっかり管理しているということなのかもしれない。なにもわからないままではあるが、害がないならそれでいいのかもしれない、と思った。

その日、仕事を終えて家に戻ると、伊予子さんと綸が話しこんでいた。事件がらみのことかと思ったが、どうやら綸の父親から電話がきたらしい。

「忠彦さんから？　なんて？」

「綸がここにいるのは一ヶ月って話だったでしょう？　それがもう二ヶ月近くになろうとしている。そろそろ家に戻って来年度から大学に復学しろ、復学しないなら退学しろ、もう学費は払わないって。まあ、学費を払ってる立場からしたら、当然の話なんだけどね」

伊予子さんがため息をつく。大学のこともそうだが、就活だってそろそろ本格的に取り組まないとまずいだろう。大企業はたいてい春休み中にエントリーシートを出さなければならない。インターンやらなにやらで、多くの学生は遅くとも三年生から活動しているのだ。

「退学しようかとも思ってるんです。大学に行く意味が感じられなくなってしまって」

綸がぼそっと言った。

「え、退学？　でも、そしたら就職は……？」

思わずそう訊いた。

「就職も……」

綸はそこで口ごもる。

たしか怪我をするまでは就活もしていた、と聞いていた。

「去年は就活もしてたんでしょ？　もともとはどんな業種を目指してたの？」

「父や兄が薦める企業にエントリーシートを出して……。でも、そこで働いている自分の姿は全然思い描けなかった」

他人事のような物言いだ。

「そうかもしれないけど。どっかで働かないと、生きていけないでしょ？　いつまでも親の世話になっているわけにはいかないんだから」

「それはそうなんですが」

「だって、もう四年生でしょ？　事故もあったし、そこに気持ちが引っ張られるのはわかるけど、もう何ヶ月も経ってるんだし、そろそろ現実のことも……」

「僕は」

言い終わる前に、綸が言葉をはさんだ。

「もうしばらくここで織物をしたいんです」

「え？」

伊予子さんも同時にそう言って、顔を見合わせた。

「織物をする、って……？」

伊予子さんが綸の顔を見る。

「いまの僕にとっては、それがなにより大事なことで……。それが終わらないと前に進めない気がするんです」

「織物をするのはいいよ。でも、とりあえず家に戻って大学に行って、ときどきここに来て織物をするんじゃダメなの？　多佳子姉さんに相談して、ここから大学に通うのでもいい。とにかく、大学を卒業して、就職先を決めないと」

伊予子さんがおろおろする。

「そういうことじゃないんです。卒業も就職もなんだか意味のないことに思えて」

綸の言葉に苛立ち、思わず声をあげそうになった。

だが、そんなことを言ったら、わたしはどうなんだ。そう気づいて言葉をのみこむ。コロナ禍が原因とはいえ、失職してここに来た。いまも塾のパートとここの手伝いしかしていない。

「とりあえず、いますぐ大学をやめるって決めるのは良くないんじゃない？　あと一年行けば卒業できるんだよ。卒業と中退じゃ学歴として全然ちがうんだし」

伊予子さんが言った。

「そう……ですね」

綸がうなずく。おそらく忠彦さんが心配しているのは、学業のことじゃない。大学は卒業さえすればいい。あせっているのは就活のこと。年明けにスタートしないと大手企業にははいれない。ここに住み続けていたら、綸はたぶん就活のレースにのれない。

でも、たしかに企業で働く綸の姿は想像できない。うまくやっていけるのか、それがいい人生なのかどうかも。だがなんにしても、人は働かなければ生きられない。向き不向きという問題じゃない。現実とはそういうものだ。

——いまの僕にとっては、それがなにより大事なことで……。それが終わらないと前に進めない気がするんです。

綸のさっきの言葉を思い出す。「それ」というのは、織物のことなんだろう。だが、終わらせるとは？　織物は何枚でも織れる。そこに終わりなんてない。

つまり、自分が望むものが織れるまで織物を続けたい、ということか。なにか表現したいものがあるのか。それを表現できるまで織り続けたいということか。表現したいものってなんだ。

綸のこれまで織ってきた布を思い浮かべる。

郵便はがき

おそれいりますが
切手を
お貼りください

102-8519

東京都千代田区麹町4−2−6
株式会社ポプラ社
一般書事業局　行

お名前	フリガナ	
ご住所	〒　　-	
E-mail	@	
電話番号		
ご記入日	西暦　　　年　　月　　日	

上記の住所・メールアドレスにポプラ社からの案内の送付は
必要ありません。□

※ご記入いただいた個人情報は、刊行物、イベントなどのご案内のほか、
お客さまサービスの向上やマーケティングのために個人を特定しない
統計情報の形で利用させていただきます。

※ポプラ社の個人情報の取扱いについては、ポプラ社ホームページ
(www.poplar.co.jp)　内プライバシーポリシーをご確認ください。

ご購入作品名

■この本をどこでお知りになりましたか？

□書店（書店名　　　　　　　　　　　　　　）

□新聞広告　□ネット広告　□その他（　　　　　　　　　　　）

■年齢　　歳

■性別　　男・女

■ご職業

□学生（大・高・中・小・その他）　□会社員　□公務員

□教員　□会社経営　□自営業　□主婦

□その他（　　　　　　　　）

ご意見、ご感想などありましたらぜひお聞かせください。

ご感想を広告等、書籍のPRに使わせていただいてもよろしいですか？

□実名で可　□匿名で可　□不可

ご協力ありがとうございました。

青……。

綸はずっと、青い布を織り続けている。使う糸はそのときごとに変わるが、いつも青がメインだ。その青が、武井未都の描く水面の色と重なった。

「もしかして、青い布を織りたいの？」

そう訊くと、綸ははっとしたように顔をあげ、こちらを見た。

「はい。頭のなかにはイメージがあるんです。でもいくら織っても思うようにならない」

しばらく視線を宙に泳がせてから、綸はきっぱりとそう言った。

「イメージがある？」

伊予子さんが綸の顔を見つめた。

「イメージというか……。はっきり決まっているわけじゃないんです。ただ、頭のなかにぼんやり青い風景のようなものがあって、それを形にしたいんです。色も近いものを選んでいるつもりなのに、織りあがったものを見るとちがう。そのくりかえしなんです」

「そうか」

伊予子さんが深く息をつく。

「イメージがある。ものを作るにはそれはなにより大事なことだよ。だけど、そのイメージに近づくのはそう簡単なことじゃない」

伊予子さんは上を向き、目を閉じる。遠いところに答えを探すとき、伊予子さんはよくそういう仕草をする。

「母さんも、織るときにはまずイメージがあるって言ってた。頭のなかに言葉にできない世界があって、織ることでそれを探っていく。『御神渡り』を織ったときも、最初はなにもないところから世界を作るみたいだったって」

祖母の「御神渡り」は素晴らしい作品だ。だがどうやって作り出したのかさっぱりわからない。そんなことを想像しようと思ったこともなかった。祖母が織ったとわかっていても、人の作ったものではなく、最初からあの形でどこかから流れ着いたもののように感じていた。

写実的な柄ではない。抽象的な模様である。だが、「御神渡り」というタイトルとともに見るとき、それは御神渡りそのものにしか見えなくなる。

祖母が子どものころに見たような御神渡りを、わたしは写真でしか見たことがない。それでも祖母の「御神渡り」の前に立つとき、氷が割れて迫りあがる轟音が聞こえ、刺すように冷たい空気までが伝わってくる。布を織った祖母が身体の奥深くまで御神渡りという現象をのみこみ、一体化し、織物として生み出した、あれはそういう作品だ。

「年が経つごとに、求めるものが内側から湧き出して、考えるより先に手が動くようになった、って言ってたけど。でもそこに至るまでには何十年もかかってる」

あの「御神渡り」も人の手が生み出したもの。あたりまえのことなのにそう気づいて身体にふるえが走った。

「まずね、綸はいま、ワークショップ用の機を使っているでしょう？　だから経糸が全部白。緯糸だけで色を表現している。でも、布は経糸と緯糸でできてる。自分の目指すものがあるなら、経と緯の両方を考えないとダメなんだよ」

「たしかにそうかもしれません。自分の織ったものを見ながら、なにかが足りないと思っていました。でも、どうやって……」

綸が口ごもる。

経と緯。織物はそのふたつで世界を作りあげる。織るということの意味が急にくっきりと立ちあがってくる。

「経糸を考えるところからはじめるんだ。自分で経糸を決めて、整経屋《せいけいや》さんに巻いてもらう。一巻き買って、最初から最後まで全部織る」

伊予子さんの言葉に、綸は膝の上の両手をぎゅっと握った。

「これまでみたいにワークショップ用の織機で細切れに織るんじゃなくて、機を一台貸すよ。それでたとえば帯をひとりで織るってこと」

「でも、それは糸代も整経代もかかることですよね」

綸は両手をさらに強く握りしめた。

機にかけるためには、経糸を緒巻きという筒にならべて巻かなければならない。ワークショップでは八〇〇本、帯を織る場合は一〇〇〇本。ゆるみなく糸を巻くのはたいへんな仕事で、そのための専門の職人にお願いしている。

「そうだよ。もちろんお金がかかる。そんなに安いものじゃない」

伊予子さんの言葉に、綸はふうっと息をついた。椅子の背にもたれ、うつむく。それが学生の綸に簡単に出せる額でないことはわかっているのだろう。

「でも、もしいまから言うことを手伝ってくれるなら、糸代と整経代をわたしが持ってもいい」

伊予子さんの言葉に綸が顔をあげる。わたしも思わず小さく、え、とつぶやいた。

「手伝う？　なにをですか」

綸が訊いた。

「藍建てだよ」

藍建て……。茉里さんがここを出てからずっとできずにいた藍建て。このまま藍建てをしなければ、青い糸は早晩なくなる。

「藍の染液を作るんだ。藍染めはふだんここでしている草木染めとはちがう。夏はなまの葉が手にはいるから、草木染めのように染めることもできるけど」

ここの裏庭では藍を育てていて、毎年夏になるとなまの葉を使って藍染めをする。

「でも、なまの藍では淡い青にしか染まらない。ふつうは蒅《すくも》というものを発酵させて染液を作るんだ。発酵がうまくいけばくりかえし染めることができるし、色の定着もいい」

藍というのは、植物の種類の名前ではないらしい。藍の色素を持っている植物がいくつかあって、その植物を使った染めを藍染めと呼ぶ。日本の本土ではタデ科の蓼藍《たであい》を使うが、沖縄《おきなわ》では琉球藍、インドではインド藍という別の植物を使う。

いまの日本の藍の主な産地は徳島《とくしま》県。産地では春から蓼藍を育てて、秋に収穫。それから三ヶ月ほど発酵させて、保存のきく蒅という形にする。藍染めをする人は藍屋から蒅を買って、自分のところで建てて染液を作り、それを使って染め物をする。

薬品を使って建てることもできるが、この家ではずっと薬品を使わず、天然灰汁《あく》発酵建てという方法で染液を作っていたらしい。石灰や灰汁、栄養分といっしょに蒅を甕に入れて発酵させる方法だ。

「いまは休んでるけど、うちには藍甕があって、そこで藍染めをしてた。綸も小さいころ見たことがあるはずだよ。藍甕に興味を持って、よくなかをのぞこうとしてたから」

伊予子さんが笑った。

「そんなことが……？　よく覚えてないです」

綸は不思議そうな顔をした。

「藍は生き物だから、管理がなかなかむずかしい。使わないときはあまり藍甕の蓋を開けちゃいけないんだ。でも小さいころの綸はなかをのぞきたがってね。藍染めの部屋にはいろうとしてよく母さんに怒られてた」

伊予子さんが笑った。

「管理に手間がかかるから、茉里さんがいなくなってからは藍建てをできずにいた。でも、以前染めた糸はもうすぐなくなってしまうんだ。次は染められた糸を買うしかないと思っていたんだけど、気が進まなくて」

「質が良くないんですか」

綸が訊く。

「ううん。専門家だからね、うちで染めるよりずっと均一な色の糸になる。もちろん自然のものだから完全に均一じゃないけど。気が進まないのは、自分で染める過程を踏んでないから、気持ちに馴染まないってだけ」

伊予子さんは複雑な表情になる。その顔を見て、やはり自分で染めたかったんだな、と痛感した。でも、綸に手伝わせる？　はじめてなのに、大丈夫なんだろうか。それに、この先、綸が家に戻ることになったら、そのあとは……？

「綸はこれまでずっと青にこだわってきたでしょう？　もし今回、経糸にも青を使う気なら、それでかなりの量を使う。だから、糸を染めるのを手伝ってほしい。そうしたらその合間に自分が使う糸を染めてもいい。自分で染めれば、色のことだってよくわかるようになる。どう？」

「わかりました」

綸が即座に答える。その決断の早さに驚き、綸の横顔を見た。

「やります。やってみたいです」

綸は真っ直ぐな目で伊予子さんを見つめていた。

「じゃあ、明日からはじめよう。蒅はまだ残ってるから」

伊予子さんがにっこり微笑む。

はじめることになってしまった。ほんとうに綸にちゃんとできるのかわからない。でも、伊予子さんの満足そうな表情を見ると、それだけでなぜか胸がいっぱいになった。

——いとこくんに関しても、なにか考えていることがあるんだよ、きっと。

鈴音の言葉を思い出す。まさか伊予子さんは最初からこういうつもりで……？　さすがにそんなことはないだろうが、ここで藍染めをしたいという思いが強かったことはまちがいない。

「ただ染めるだけじゃなくて、これから織る布をどうするか考えながら染めないといけないよ。淡い青から濃い青まで染め具合でいろいろな青が作れる。どんな青がどれだけ必要か考える。柄を入れるなら、最初から染め分けなければならない。それはまだむずかしいかもしれないけど、染めているうちに思いつくこともあると思うから」

「染めながら設計図を考えるってことですね」

綸が言った。

「いまは頭のなかだけで考えてるでしょう？　でも、藍に触れていればたぶん別のことを思いつく。藍の作る青は驚くほどいろいろあるから、その色に導かれることもある。藍も時期によって変化していくしね。それをしっかり受け止めること」

「わかりました」

綸はゆっくりとうなずいた。

5

翌朝、伊予子さんと綸は朝早くからキッチンで灰汁作りの準備をはじめていた。急いで食卓を整え、三人で簡単な朝食をとる。伊予子さんも綸もこれからの作業のことで頭がいっぱいのようで、ただ黙々と食べ、さっさと片づけて作業に戻った。

離れの横にある井戸から汲んだ水を沸かし、灰の袋のはいったバケツに入れる。染め物にも使うものなので、灰汁作りはわたしも何度か手伝ったことがある。できあがった灰汁と蒅を混ぜ、栄養分とともに藍甕に入れるのだそうだ。

朝から塾の仕事があるので、わたしはしばらくふたりが作業しているのをながめてから家を出た。日中もずっと藍建てのことが気になっていて、仕事が終わると急いで家に戻った。

伊予子さんと綸は、居間でお茶を飲んでいた。

「仕込み、どうなったんですか」

わたしがそう訊くと、伊予子さんが、終わったわよ、と答えた。

「藍甕、槐さんも見てみる？　あまり見たことなかったわよね」

「え、ええ。そうなんです。なんとなく怖くて」

わたしは正直に答えた。

「そう言えば、珠美子姉さんもそうだったわね。藍の部屋には怖がって近づかなかった」

久しぶりに母の名前を聞いて、なんだか不思議な気持ちになる。考えてみると、母からはあまりこの家の染織の話を聞いたことがなかった。

結婚していたころ、何着も豪華な着物を作ったが、冠婚葬祭やパーティーで着るための礼装ばかりだったし、ほんとは着物なんか好きじゃないと言っていた気がする。スタイルが良かったから、当時流行していた身体の線が出る洋服を愛用していた。

離婚して呉服売り場に勤めるようになったときも、ほんとうは洋服の店で働きたかったらしい。だが、読者モデルの仕事で顔を知られていることを恐れた。たまたま見かけた呉服売り場の求人を見て、ここなら大丈夫だろうと面接を受けた。販売職の経験はなかったが、着物の扱いにも慣れているし着付けもできることが買われ、即採用となった。

当時、祖母はすでに紬の世界では名の知れた作家になっていたが、母は城倉志満子の娘であることは伏せていた。仕事のために何着も着物を買ったが、つけ下げや小紋といったやわらかものばかりで、大島紬一着をのぞいて、紬の着物は一切買わなかった。

「多佳子姉さんも母の仕事を嫌ってたよね」

「母はいまでもそうです」

綸が言った。

「冠婚葬祭のときはいつも着物ですけど、紬は買いません。礼装にならないのに高くて割に合わないって」

「それはたしかにそう。でも紬には紬にしかない味わいがある。わたしはたまらなくそれが好きなんだよね」

伊予子さんが微笑む。

わたしもむかしは母と同じだった。伊予子さんの仕事を手伝うようになって、はじめて染織の世界に触れた。節のある紬の糸を植物で染め、人の手で織る。そうして織りあがった布には、命の名残がある。

「あの……。藍甕、見せてもらってもいいですか」

なぜかそんな言葉が口をついて出た。

「もちろん。まあ、まだ仕込んだだけで、なにもないけどね」

伊予子さんは笑って立ちあがる。わたしも伊予子さんについて藍の部屋に行った。伊予子さんの作業部屋のとなりにある小さな部屋だ。もともとは伊予子さんの作業部屋の一部だったのを、改築して独立させたらしい。藍建ての適温は二十五度。この温度を保つことが大切なのだそうだ。冬場に二十四時間部屋全体をあたため続けるのは光熱費がかかるから、部屋を小さくしたのだ。

ドアを開けると、ほわっとした暖気を感じた。部屋の真ん中に丸い甕が置かれている。布でぐるぐる巻きにされ、下にはホットカーペットが敷かれている。大きな鳥の卵を孵《かえ》すみたいだ、と思った。

「なか、見てみる？」

伊予子さんがわたしをうかがうように見て、甕の蓋を持つ。

少し緊張した。ゆっくりと蓋が開く。暗い水が揺れている。しずかだ。少し香ばしい匂いがするだけ。

ここに藍が建つ。なぜか胸が高鳴った。

「じゃあ、閉めるね」

伊予子さんが蓋を閉めるのを見て、ふう、と息をついた。

伊予子さんによると、藍が建つまでは一週間から十日。それまで毎日、底に沈んだ蒅を浮きあがらせるようにゆっくりと混ぜなければならない。一回につき四、五十回で一日二回。そのとき温度とpHも測り、記録をつけ、水温とpHを保つ。

「そこまで待って建たない場合はよくないことが起こってるってことだから、なにか変えないといけないんだけど、とりあえずそれまでは様子見」

伊予子さんは少し微笑んで、甕を見おろした。

翌日から、綸は朝晩藍の世話をするようになった。わたしも気になって、ときどき様子を見に行った。蓋を開けてなかをのぞくたび、なぜか気持ちがしんとした。

数日はあまり変化がなかったが、五日目の朝、綸に呼ばれて見に行くと、青紫色の小さな泡が立っている。

生き物だ。そう感じてぞくぞくした。

「うまくいってるね。これが育って消えなくなれば藍建ては成功」

伊予子さんの言葉に、綸の目が輝く。

何日か経つと泡は大きくなり、数も増えた。青っぽい液の表面に何箇所か大きな青い泡の塊ができて、消えなくなった。この青い泡の塊を「藍の花」という。藍の花の形は日々変わった。大きな塊になっているときもあれば、何箇所かにぷつぷつと分かれているときもある。

「これでも染められるよ。やってみようか」

伊予子さんがそう言って、白い糸を持ってきた。染める前の糸は、綛《かせ》という道具で巻き取って束ねてある。千メートルほどもある糸を輪にして、ところどころを紕《ひびろ》という別糸で結んで、ねじっておく。この一巻を一綛《ひとかせ》と呼ぶ。

草木染めも、伊予子さんが使う糸はこの一綛の束をそのまま染める。だが、糸の量が多く、液に浸ければ重くなる。初心者がムラなく染めるのはなかなかむずかしい。それでワークショップでは、この一綛を八等分した束にして使っていた。

藍染めでも、伊予子さんはいつも一綛ずつ染めていくようだが、綸ははじめてということもあり、まずはワークショップ用の小さな束を練習に使うことになった。

「せっかくだから、槐さんもやってみる？」

「え、わたしも？」

この液体で糸を染める？

どろっとした泡立つ暗い色の液体。魔女の作る薬品のよう。不気味にも思えるが、引きこまれそうになる。草木染めは何度もしているけれど、これはまたまったく別のあたらしい体験だ。このなかに手を入れるのは少し怖い。だが、意を決してうなずいた。

「じゃあ、これね」

伊予子さんに糸を手渡される。糸を握りしめ、甕の前に立った。

「糸をさっと入れて、なかでくるくるたぐるのは草木染めといっしょ。でも、染液の感じが全然ちがうからちょっと戸惑うかも。じゃあ、槐さんから入れてみて」

染液は青というより、黒い。黒のような茶色のような。光があたったところだけ、青のような紫のような色に光っている。息を大きく吸って、糸を染液に浸ける。

手を液に入れたとたん、ひゃあ、と声が出そうになった。

ぬるっとしている。

草木染めのさらっとした液体とはまるでちがう。どろり、というか、ぬるり、というか、液体に粘性がある。発酵、つまりなかで微生物が生きているのだからあたりまえなのかもしれないが。水温は二十五度。そこも液を熱して染める草木染めとはちがう。あたたかくはないが、冷たくもない。濃い海水のような……。

ちがう、これは血だ。階段から落ちて死んだ母のまわりに広がっていた大量の血液。そのどろっとした液体を思い出し、指から糸が落ちる。あわてて糸を追って甕の底の方に指をのばすと、どろどろした感触が指をなでた。

背筋がぞわっとするような、なまなましい感触。生き物の体液に手を突っこんでいるような。だが、なぜかなつかしい気持ちになった。呼吸を整え、糸をくるくるたぐる。

「うん、いいよ、それくらいであげて」

伊予子さんの声にはっとして、糸を引きあげた。外に出てきた糸が緑色に光る。

「あ、緑」

草木染めでは見たことがないようなあざやかな緑だった。草木染めでは、緑の葉っぱを使っても、若草色のような黄色っぽい緑にしか染まらない。糸を緑に染めたいときは、黄色で染めたあと、藍を染め重ねる。だが、これはほんとうの緑だった。

「絞って」

伊予子さんに言われ、糸を絞る。液体がこぼれ落ち、糸を広げると、その緑がさっと青に変わった。

「青くなった」

まだほんのり淡い青だが、さっきの緑は消えてしまった。

なんだ、これは。

魔法みたいだ。

「液体のなかでは緑だけど、空気に触れると青くなる。あの緑は藍染めをした人しか見られない色」

伊予子さんが微笑んだ。

手を入れたときのぬるっとした感触、重い液体、指に触れた藻、引きあげた瞬間のあざやかな緑。そして、いまの手のなかにある青い糸。いま見たもの、感じたことが、頭のなかをかけめぐる。胸の奥からなにかがうわっとせりあがってきた。

「槐さん、どうかしましたか」

綸がわたしの顔を見ている。自分の目から涙がこぼれているのに気づいて、はっとした。

「藍はなまなましいからね。触れると、その人の奥にあるものが外に引っ張り出されることがあるんだよ」

伊予子さんはあたりまえのようにそう言った。

「いまはまだ淡い青だけど、何度もくりかえすともっと濃い色になる。染めて、いったん絞って空気に当てて、また染める。そのくりかえし。あと何回か、いまと同じことをくりかえして」

伊予子さんに言われ、もう一度染液に糸を浸けた。


時間にしたらほんの数十分だったんだと思う。だが染め物が終わってみると、その体験の衝撃で、しばらくぼんやりしていた。わたしの次に綸が染め、最後に伊予子さんが大きな一綛を染め、その日の藍染めは終わりになった。

伊予子さんによれば、藍は、正確にいうと染液にいる微生物は、生き物だから、一度にあまり多くの染め物をすると、疲れて翌日色が出なくなったりするらしい。だから、一日に染めていいのは、せいぜい一綛か二綛。

この家では祖母のころから、朝に一綛、時間を置いて夕方に一綛、藍が疲れているようだったら夕方は染めない、と決まっているのだそうだ。

「生き物だからね、相手の機嫌を見ながら、ゆっくりやってくしかないんだよね。その方が状態が安定して、長生きする」

一度藍建てしたあと、その液体の寿命は数ヶ月。でもそれは工房によってまちまちで、藍を活性化させてたくさん染めれば短くなるし、状態を一定にしていれば長くなる。

「うちは絹糸を染めるでしょう？　植物性の綿や麻を染めるより、動物性の絹糸を染める方が負担がかかるみたいなんだよ。色を濃くしようとすれば、一綛でも何度も染め返さないといけないでしょう？　それでどうしても二ヶ月くらいで寿命が尽きてしまう」

「二ヶ月……」

　綸がつぶやいた。

「そのあいだできるだけいい状態を保って、少しずつ染めていく。さっき見たからわかるよね。染める長さや回数で、濃さが変わる。染まり具合は経験で覚えていくんだよ。あと、藍も若いうちの方が力が強いからね。糸もすぐに染まる。老いてくると、力が弱くなって染まる色も変わっていくんだよ。だから完全に同じ色に染めるのはむずかしい」

　若い藍は空気に触れればすぐに酸化し、青くなる。だが、だんだん力が弱まって、色が出にくくなる。最後は年老いて、灰色しか出なくなる。そうなったら終わり。その藍は捨て、あらたに藍建てするのだそうだ。

　若い藍の元気な色もいいけど、弱った藍の色にも良さがある。草木染めとは別のおもしろさがあるんだよ、と伊予子さんは言っていた。


　塾の仕事があるので、軽く昼食をとって家を出た。

　手のひらにはまだうっすらと藍の青が残っている。あのときの感触を思い出し、すごい体験だった、と思った。

　はじめて海に行ったときに似ている。海水にはいったとたん、わたしは大泣きした。足元の砂が崩れ、身体が海水に包まれる。プールの水とはちがうやわらかな感触の水、プールの床とはちがう不定形の水底。二歳のときのことなのに、いまでもはっきり覚えている。

思えば、幼いころはそういう強烈な体験がいくつもあった。未知のものを食べたときのこと、幼稚園で自分以外の子どもをたくさん見たときのこと、はじめて絵の具で絵を描いたときのこと。日々はじめての体験ばかりで毎回全身で驚いていた。

だが、この年になれば、知らないものに出合うなんてことはそうそうない。藍の液体は久々の衝撃だった。全身があの液体に沈んでいくような気がした。

染める、というのは、生命を色にして、ほかのものに染みこませることなんだ、と感じた。草木染めでも似たことを感じたことはあるけれど、身体じゅうの細胞でそれを感じた。

人類はこんなふうにしていろいろなものを染めてきたんだな、と思う。ただきれいな色の衣服を身にまとうためだけじゃない。染めるということ自体が大事な行為だったのかもしれない。染めることで命というものを感じてきたんじゃないか。

技術が発達して、人はそうやって生きるのをやめてしまった。自分の手で糸を取って、染めて、織って。そのひとつひとつが、自分以外の命と向き合う行為で、むかしはみんなそうやって生きていたのに。

布でも紙でもむかしは人の手で作っていた。そうするしかなかった。だがいまはなんだって工場の機械で作る。たくさん作ってたくさん売る。そうしなければ社会が成立しない。そう思いこんできたけれど、ほんとうにそれが正しいのかわからない。

大量に生産するせいで、世の中にはものがあふれている。こんなに必要なのか。毎日同じ服で出かけるわけにはいかない、流行り廃りもあるし、というけど、毎年買い替えなくてもいいんじゃないか、こんなにたくさん持っている必要なんてないんじゃないか、とも思う。

手を動かすことで考えることはたくさんある。植物に触れることで得てきた知識もたくさんある。人はそうやって暮らしてきたのに、いまはそういうことが人々の暮らしからどんどん切り離されていっている。

手を動かし、ものを作る仕事が好きな人もたくさんいただろうに、そういう仕事はどんどん少なくなっている。

食べることもそうだ。自分でなにも殺さなくても生きていける。殺していることを自覚しなくなる。それはどこかいびつなことに思えた。

駅が近づいてくる。商店街にならぶ店をながめながら、かといってなんでも買えるいまの便利な暮らしを捨てることはできないよな、と思った。

6

十二月下旬になってすぐ、鈴音から連絡があった。例の伊予子さんの端切れを使った布小物のサンプルができたそうで、まずは一度見てほしいという。翌日は塾の仕事が早番だったので、仕事が終わってから最寄駅で落ち合い、近くのカフェにはいった。

席に落ち着くと、鈴音が鞄からサンプルを取り出した。

「えぇーっ、素敵じゃない？」

わたしは思わず声をあげた。ハンドバッグや長財布のほか、布貼りのハードカバーになったノートもある。バッグは少し変わった形のがま口を用い、下が広がった丸みのある横長の形。長財布も細いがま口を使い、しっかりした造りだった。

「デザイナーも驚いてたよ。はじめはもっと凝った形も考えてたけど、布の良さを生かすために形はシンプルにした方がいいと思ったみたい」

「バッグと長財布もいいけど、このノートも素敵だね」

「でしょう？　わたしもちょっと驚いた。紙ものだけどしっかりした造りだから高級感があるし、全部一点ものだからプレゼントにも良さそう。会社の会議でも好評だったんだ」

鈴音はうれしそうに言った。

「季節によって出す色を変えてもいいね、って話も出た。春は淡めの色、夏はあざやかな色、みたいな感じで……。まずは春向けに、この三点を数量限定で作ってみたいってことになって。ある程度まとまった布が必要なんだけど、大丈夫かな」

鈴音の提示した布の量を聞いて、端切れだけでは足りないかもしれない、と思った。

「それなら最初から織った方がいいかもしれないね。伊予子さんがあたらしく織れるか、スケジュールを聞いてみる」

「ありがとう。あとね、実は会議でもうひとつ別の話が出て……」

鈴音が鞄からタブレットを取り出す。

「これ、最近うちではじめた体験プランのプログラムなんだけど」

タブレットを操作し、サイトを表示する。ｔｅｎｏｋｏｔｏというタイトルがついていた。

「日本に触れ、日本を感じるプログラム？」

サブタイトルにはそう書かれている。

「そう。うちの店には、器とか、布ものとか、日本の伝統を受け継いだ手作りの品物がたくさん出てるでしょう？　その作り手に協力してもらって、去年から少しずつ体験型のプログラムを提供するようになったんだ」

「うちのワークショップみたいな？」

「そうそう。まさにそれ。たとえばこれとか……」

鈴音はそう言って、サイトにならんだバナーのひとつをタップした。「金継《きんつ》ぎ体験」とあり、壊れた器を漆《うるし》で繕《つくろ》う講座らしい。

「体験っていっても本格的なんだよ。一日で済ませるために化学物質を使うような講座もあるみたいだけど、うちのは天然の材料だけを使って、何回かに分けてちゃんと繕うし」

画面を見ると、ほかにも「焼き物体験」「切り子の箸置き作り」「ひとり用の土鍋作り」「紙漉《かみす》きで和紙の名刺作り」など、本格的なものがならんでいる。

「手仕事のよさって、製品を見ただけじゃじゅうぶんに伝わらないんだよね。自分で体験することで愛着もわくし、ものを見る目も変わってくる。内容が本格的だから、その分参加費が高くなるのが不安だったんだけど、高くてもちゃんとしたものを学びたい人がけっこういるみたいで」

　それはうちのワークショップの参加者と話していても感じることだった。

「コロナ禍のあいだ止まっていたものが流れはじめたようなところもあるのかもね」

「そうかも。みんな体験することを求めてるんだよね。それで、会議でわたしの織った布を見せたらすごく好評で、槐のところのワークショップもうちのプログラムに組みこめないか、っていう話になって」

「このプログラムに？」

　鈴音のタブレットの画面をもう一度見た。

「うん。わたしも実際に受けて、想像以上にいいな、と思ったし。編み物や刺《し》繍《しゅう》は道具を買って独学することも可能だけど、機織りは機がないとできないでしょ？　そこも体験プログラム向きだなって思った。できあがったものの満足度も高いし。どう思う？」

「鈴音の会社のプログラムにはいるのはいいことだと思うけど、そこまでできるかな。スタッフがわたししかいないでしょう？　これ以上講座は増やせないから、これまでのシステムとの兼ね合いを考えないといけないし」

「そうか。それはそうだよねえ」

　鈴音が腕組みした。

「最近はすぐ満席になっちゃうし、伊予子さんともう少し開催日を増やしたいっていう話もしてるんだけどね。わたしだけだと土日開催で手一杯だから」

「綸くんは？　手伝ってくれてるって言ってなかった？」

「うん、染め物の準備や機織りに関しては綸がずいぶんやってくれるようになって、だいぶ楽になったんだ。けど、教えられるかっていうとまた別で……」

「まだそこまで織れるわけじゃないってこと？」

「ううん。どっちかっていうと対人スキルの問題だよ。綸は織物自体はわたしよりずっとできる。今度帯を織ることになってて」

「え、帯を？　ほんとに？」

　鈴音が目を丸くした。

「どうしても織りたい世界があるんだって。そのためには青い糸が大量に必要で、藍染めもすることになった」

「藍染めも……」

　鈴音が目をぱちくりした。わたしは帯を織ることになった経緯や、藍建てのことをかいつまんで説明した。

「なんだかすごいことになってきてるんだね」

「うん。藍っていうのは草木染めとはまたちがって、なんていうか、神秘的で……。染液には藍の花っていう泡が立つんだけど、それも毎日様子が変わって、生きてるって感じ。甕のなかに生き物がいると思うと、不思議な気持ちになる」

わたしがそう言うと、鈴音は笑った。

「でも、綸くん、すごいね。もうそんなことまでできるようになったんだ」

鈴音が感心したように言う。

「子どものころから祖母の織物を見たり、自分で織ったりしてたからっていうのもあるけど、それだけじゃない気がする。一種の才能っていうか。綸の織ったものはほかの人のものとなにかちがう。祖母も綸にあとを継がせたいと思ってたこともあったみたいで。だから伊予子さんも藍染めをさせる気になったんじゃないかな」

「ほんとに綸くんが伊予子さんの仕事を継ぐことになったりして」

「それはどうかなあ。綸の親は会社員だからね。綸を会社に就職させたいみたい」

「なるほどねえ。たしかに職人の道っていうのは、親からしたら不安だよね」

「うん。いくら才能があっても、それで生きていけるかは微妙だし」

着物がたくさん売れていた祖母の時代ならともかく、いまは着物業界全体が冷えこんでいる。十年、二十年経ったら、もっと厳しくなっているかもしれない。

「綸くんっていえば、例のストーカーはどうなった？」

鈴音が思い出したように言った。

「うん、あれから出てこない。警察は身元引き受け人がどうとか言ってたし、それなりに効果があったのかも」

「そっか。実はね、前に話した美術関係にくわしい知り合いと、来週会うことになってるんだ。

武井未都のことを話したら、いろいろ知ってるみたいだった。気になるんだったら、訊いてみるけど」

そういえば、鈴音の知り合いに美術関係にくわしい人がいて、あの男のことも少しわかるかも、という話になっていたんだった。

「できるならお願い。男は現れなくなったけど、解決したのかはっきりしないし、男がこだわっていた武井未都の最後の言葉っていうのも、結局なんだったのかわからないままだし」

「わかった。そしたらさ、お正月、久しぶりにうちに泊まらない？　そしたらゆっくり話せるじゃない」

「帰省しなくていいの？　ずっと帰ってなかったんでしょ？」

ここ数年、コロナ禍で多くの人が帰省を控えていた。だが、この正月は帰省や旅行で出かける人が多そうだという予測が出ていた。

「大丈夫。実は大晦日《おおみそか》まで仕事がはいってるんだよ。だから帰省するのは二日からにしようと思って。年始は五日まで休みを取ったから」

「とすると、泊まるとしたら元日ってこと？」

「そうだね。槐が大丈夫なら」

「大丈夫だよ。伊予子さんに言っとく」

「じゃあ、元日の昼間はちょっと用事があるから、夜八時にこの駅の改札で待ち合わせってことでいい？」

鈴音の言葉に、うなずいた。

家に戻り、伊予子さんに布小物のサンプルを見せた。

「へええ、これは素敵だね。こんなおしゃれな形になるなんて」

伊予子さんはものめずらしげにサンプルをながめた。

「春を目指して商品化したいっていう話になったんです。ある程度まとまった枚数がいるみたいなんで、それだったら一枚あたらしく織った方がいいかも、と思ったんですが」

わたしは鈴音から提示された量を伝えた。

「そうだね。それならあたらしく織った方が良さそう。納期にもよるけど、できると思うよ。いま織っている着物が終わればしばらく空いてるから。どういうのがいいのかな」

「春らしい色合いがいいそうです。できたら季節ごとに色合いを変えていきたい、って」

「そう、春らしい色合いいね」

伊予子さんはうなずき、目を閉じる。

「すみません、勝手に話を進めてしまって……。最初は端切れでっていう話だったのに」

あたらしく織るとなれば手間がかかる。迷惑だったかもしれない、と不安になった。

「ううん、そんなことないよ。むしろ楽しみ」

伊予子さんが微笑む。

「楽しみ?」

「わたしはね、ずっと前から、ふつうの人が着る着物を作りたかったんだよ」

伊予子さんはそう言った。

「紬っていうのはもともとそういうものだったんだと思うけど……。母は工芸家で賞も取ったし、反物にも高い値がついていたでしょう？　ほかにない自分だけの世界を作ろうとして、一枚織りあげるために魂がすり減るような、厳しい世界だった」

「そうですね」

「御神渡り」だけじゃない。祖母の織る着物はどれも独特で揺るぎない世界を作っていた。

「母もはじめは伊那の伝統の柄を織ってたんだよね。でも東京で開かれる染織の展覧会で作家の作品を見るようになって、それぞれが独自の世界を作りあげていることに衝撃を受けた。伝手をたどって、草木染めで有名な岡島《おかじま》先生という染織家に弟子入りした。最初に、どういう柄を織ればいいんですか、って訊いたら、それを考えるのが仕事だって突き放された」

「それを考えるのが仕事……」

「それまでの母にとっては、柄というのは決まったものだったんだよね。その言葉で頭が真っ白になった。母はそこから変わった。岡島先生は手触りや着心地にまでこだわって、すべてを自分でやらないと気が済まない人だったんだって。養蚕から自分で手がけてたくらいで、弟子はほとんど取らない。取ったとしても一度にひとり。それも一年か二年でひとりだちさせる。そこで母は三年修業して、『御神渡り』で賞をもらった。それがわたしが小学校六年のとき」

伊予子さんが遠くを見る。

「あのころの母は、わたしたちが外から帰ってきても、織機のある部屋からほとんど出てこなかった。夕食も最低限のものしか出てこない。中学生だった多佳子姉さんはそれを嫌がって、自分で料理をするようになったんだ」

多佳子さんが……。そうだったのか。

「でも、母はまちがいなく染織の才能があったんだよね。『御神渡り』のあと、岡島先生とは仲違いしてしまったんだけど、その後も何度も賞を取ったし、百貨店で催事も開かれるようになった。母の着物には華があった。迫力っていうのかな」

伊予子さんが遠くを見る。

「わたしには母のような才能がないことはわかっていたし、なにを織っても母には認められなかった。でも母にはほかの人に見えないものが見えることがわかってたからね。さからえなかった。絶対的にうつくしいものっていうのは存在するんだよ。その魅力には抗えない」

いつも祖母につきしたがっていた伊予子さんの心中にそんな思いがあったとは。はじめて聞く話だった。

「でも、伊那にある母の実家に行ったとき、祖母がむかし自分が織った着物を見せてくれたことがあってね。それを見て、着物っていうのは、母が織るようなものだけじゃないんだってわかった」

伊予子さんが微笑んだ。

「それは全部家族のために織られたものだったんだよ。家の人のために織るっていうのは、売り物を作るのとは全然別のことだからね。商品となれば、どうしたって売れる、売れないの話になる。でも、家の人のために織る布はそうじゃない。もちろんうまい人も下手な人もいたんだろうけど、着る人の体形や好みに合わせて長持ちするように丈夫に織ってたんだよね。着る方も、その一着を大事に着てた」

　同じものをずっと……。

　その着物は持ち主の身体の一部のようになっていったのだろう。いまの衣服のありようとはまったくちがう。

「少し縞の太さがちがったり、不規則なところもあるんだけど、それがなんとなくあったかくて。見たことのないような色合わせのものがたくさんあった。祖母は、これはだれそれの好きな食べ物の色を織りこんだんだよね、って笑ってた」

「好きな食べ物の色？」

「これはりんごで、これは栗で、って。きっと家族の顔を思い浮かべながら、喜んでもらえるものを作ってたんだろうなあ、って。祖母が言ってたんだよ。あたらしいものを仕立ててもらうと、みんな喜ぶんだ、その顔を見たくていつも機を動かしてた、って」

　曽祖母はわたしが生まれる前に亡くなっていて、わたしは写真でしか見たことがない。話を聞きながら、ぼやけた写真のなかの曽祖母の笑顔を思い出していた。

「母は技と感性を注ぎこんで、唯一無二のものを織ろうとしてた。でもそれはすごく高価で、一部の人にしか届かない。わたしはもっと小さな幸せでいいと思った」

「そのこと、お祖母さんに言ったんですか」

わたしが訊くと、伊予子さんは目を伏せ、首を横に振った。

「伝えたけど、認められなかった。その考え方では弱いものしか作れない、って。売るためには強さが必要なんだって。もともと強い人だったけど、この家をひとりで守るために、年を重ねるごとにさらに厳しくなっていったから」

伊予子さんがため息をつく。

「けど、亡くなる少し前に、祖母がむかし織った着物を大事そうに着てたんだよね。この良さがようやくわかった、って言ってたっけ」

かつての祖母には威厳があった。祖母のまわりにはいつもきりっと張り詰めた空気があって、そばに行くときは緊張した。でも亡くなる前に会ったときは、背もだいぶ縮んで弱々しくなっていた。

「母が亡くなって、仕事のむずかしさがはじめてわかった気がしたんだよ。母が弟子たちをひとりだちさせられたのは、母の力が強かったから。時代のちがいもあるけどね。母がいなくなってしまったから、最後の弟子の茉里さんはひとりだちすることができなくて」

伊予子さんが目を伏せた。

「だからわたしは弟子は取らなかった。それでも、染めや織りの良さを伝えたい気持ちはあったんだ。ふつうの人がしあわせになれるようなものを作るのがわたしのやりたかったことでもあるし。ワークショップを再開できたこともすごくよかったと思ってるんだよ。槐さんに手伝ってもらったおかげ」

「そういえば、鈴音はこの前のワークショップもすごく楽しんでくれたみたいで。会社でそのことを話して、鈴音の会社の体験プログラムに組み入れたいという話も出てるみたいなんです」

「体験プログラム？」

伊予子さんに訊かれ、わたしはパソコンで鈴音の会社の体験プログラムのサイトを見せた。

「へえ。いまは、こういうものがあるんだね」

サイトをながめながら、伊予子さんが感心したように言った。

「そうなんです。ここに掲載されれば多くの人に告知できますし、すごくいい機会だと思います。でも、いまの状態じゃそこまでの人数は受け入れられないですから」

そう話しながら、ふと、わたしが専業になればいいのかもしれない、と思った。だがすぐに、染織の専門家でない自分にできるはずがないと思い直し、口には出さなかった。

「そうだね。たしかにいい話だけど、ちょっとやり方を考えないと無理かもしれないねえ」

「だから、その話は保留にしました。とりあえず、小物作りの件だけ鈴音に連絡しておきます。それと、鈴音からお正月に泊まりに来ないか、と誘われていて。鈴音の仕事と帰省の関係で、元日の夜になるんですけど、いいですか」

「そう、よかったね。ようやくそういうことができるようになったんだね」

伊予子さんはにっこり微笑んだ。

7

年末にはいり、塾の仕事も休みになった。

昼食のあと、伊予子さんは織物、綸は藍染め、わたしは居間で教室の事務の仕事。問い合わせのメールに答え、次のワークショップの案内ページを作っていると、伊予子さんがばたばたと居間に戻ってきた。

「槐さん、どうしよう。今日多佳子姉さんたちが来るって」

「え、いまからですか？」

そんな話は初耳だ。

「忠彦さんもいっしょみたい。綸のことで話があるって」

伊予子さんは困り果て、おろおろしている。

「綸には話しましたか？」

「まだ言ってない。なんの準備もしてないし、別の日にできないか訊いたけど、もう家を出て、こっちに向かってるって」

約束なしでいきなり来るとは。なかなか強引なやり方だ。

「いなかったらどうするつもりだったんだろうと思ったけど、それを確かめるために電話したんだ、って言われた」

「まあ、予告してからだとこっちもいろいろ準備してしまいますからね」

ほんとになにも考えていないのなら、わざわざ電話でこちらの様子を訊いたりしない。

抜き打ちで来た方が優位に立てると計算したのかもしれない。あるいは、こちらが無条件に自分に合わせると思いこんでいるか。いずれにしても、そういうことをするのは権力者的なタイプと相場が決まっている。

「何時ごろ着くんですか？」

「いま池袋《いけぶくろ》から電車に乗るところだって言ってたし、駅からはタクシーで来るだろうから」

「じゃあ、もう一時間もないってことですね」

ちらっと時計を見る。

「とにかく綸にそのことを知らせましょう」

「そうだね。でもどうしよう。多佳子姉さんはともかく、忠彦さんのことはわたしにはよくわからないし」

「わからない？」

「城倉の家の行事には滅多に来ないし、来てもあまり話をしないから」

「わかりました。とにかく綸を連れてきます」

わたしは立ちあがり、急いで藍の部屋に向かった。

両親が来ることを聞いても、綸はあまり驚いていないようだった。

「そろそろ連絡が来るだろうとは思っていましたから。でもまさか父がここに来るとは思っていませんでした。正月休暇にはいったんですね」

そう言ってため息をつく。

「伊予子さんはお父さんとあまり話したことがないって言ってたけど、お父さん、この家と折り合いが悪いの？」

「表向きはそんなことはないんですが、父は内心この家が苦手なんだと思います」

「どうして？」

「高価な着物を売りつけられるかもしれないからって言ってました」

親戚や知り合いに商品を売る。自動車や保険だって営業はそれが基本だと思うし、大企業だって同じことなんじゃないかと思うけど。でも、着物をむやみに高いと思うお客さんはたくさんいる、と母も言っていた。

「でも、僕はちがうと思います。父は会社員で、父の父も会社員でした。父にとって、社会というのは会社の集合体なんです。だから、そこからはみ出した染織の世界は古臭い職人たちの集まりだと思ってるんじゃないかと」

会社うんぬんだけではない。祖母は離婚し、ひとりで生計を立てていた。弟子たちもみな女性だったようだし、得体の知れない集まりだと感じていたのだろう。

「父は会社に属している人の話しか聞かない。うちでも兄のことしか人間扱いしていないんです。でも大丈夫です。僕からちゃんと説明しますから」

綸はきっぱりとそう言った。

「って言っても……」

転地療養のためにこの家に住まわせるが、伊予子さんの世話にはなりたくない。多佳子さんはそう思っているみたいだった。だが、綸は織物をはじめ、いまは藍染めをするところまで進んでいる。それがわかったら、綸の両親は伊予子さんにそう仕向けられたと思うかもしれない。

厄介なことになった。綸は大学も就活もやめて、この家で織物をしたいと思っている。伊予子さんは、綸がいま織りたいと思っているものを織らせるために、藍建てを手伝うという条件と引き換えに帯を織ることを許した。たぶんその帯を一枚織ったら大学に戻らせる心算だろう。だが、綸はそのことをちゃんとわかっているのだろうか。

綸は染めの道具を片づけ、作業着から着替えるためにいったん離れに戻った。そうこうしているうちにインターフォンが鳴った。

玄関に出ると、多佳子さんのとなりに忠彦さんが立っていた。背が高く、サラリーマンらしいかっちりした髪形で、顎の形は綸と似ている。

多佳子さんがわたしを一瞥《いちべつ》する。家族のことだから外してくれ、と言われるかと思ったが、多佳子さんも忠彦さんもわたしには関心を示さず、居間の方に歩いていく。眼中にない、ってやつか。でもまあ追い出されないならかえって都合がいい。

綸も居間に戻ってきて、わたしはお茶の準備をはじめた。居間のテーブルに忠彦さんと多佳子さんがとなり合って座り、向かいに伊予子さんと綸が座った。

伊予子さんたちはこちらに背を向けているので顔は見えない。見えるのは忠彦さんと多佳子さんの顔だけ。お盆とお茶の道具を調理台にならべ、やかんを火にかけた。

居間にはぴりぴりした雰囲気が漂い、みな無言だ。やかんの口から湯気が出はじめ、しゅうしゅうとお湯が沸く音がする。湯冷しにお湯を移し、急須に茶葉を入れた。

「この前も言ったが、もう年末だ。大学の手続きもあるし、就職活動もある。この家にもいい加減迷惑だろう。そろそろ戻ってもらいたいんだが」

忠彦さんの声が聞こえた。おだやかで、よく通る声だった。

「その話なんですが」

綸がすぐに答えた。

「僕はもうしばらくここにいたいんです」

「どうして？」

多佳子さんが眉をひそめる。

「やりたいことがあるんです。それが終わるまでは次に進めない」

「なにを言ってるの？　やりたいこと、って……」

「織りたいものがあります。それを織りあげるまでは、この家にいる」

「織るってなにを？」

「帯を織ろうと思ってます」

綸がきっぱりと答えた。

「え、帯？　どういうことなの？」

多佳子さんが伊予子さんの方を見た。

「伊予子さんは関係ない。僕が決めたことです」

綸は横から言った。

「関係ないわけないでしょう？」

多佳子さんの声がふるえる。

「どういうこと？」

多佳子さんは強い口調で伊予子さんを問い詰めた。話がいきなり佳境にはいって、完全にお茶を出すタイミングを逸してしまった。

「多佳子」

忠彦さんが多佳子さんを制し、伊予子さんの方を向く。

「伊予子さん。今回のこと、あなたにはとても感謝しています。ここで過ごすことで、綸は回復した。でも、綸がここに来たのは療養のためであって、染織をするためでは」

「だから、これは僕が決めたことで、伊予子さんは」

忠彦さんが言い終わらないうちに、綸が口をはさんだ。

「お前は黙っていなさい」

忠彦さんがしずかな、しかし有無を言わさぬ口調で綸を止めた。

「伊予子さん、あなたの気持ちはわかりますよ。あなたにとって染織は大切なものなんでしょう。お義母さんとあなたが作りあげたものを絶やしたくない、という気持ちもわかります。でも、綸を巻きこむのはどうなんですか」

「巻きこむ？」

伊予子さんの声が聞こえた。

「勘違いされているようですが、わたしは母の染織をだれかに継いでもらいたいなんて、これっぽっちも思っていません」

ふだんとはまったくちがう強い口調だった。

「あれは母の世界で、だれかに引き継ぐものじゃない。母の人生とともに完結したんです。わたしはその残り火で生きているだけ。母の弟子たちはそれぞれ巣立っていきましたし、わたしができるところまで続けたらそれで終わり。だからあたらしい弟子も取っていません」

「じゃあ、どうして綸に染織を教えようと……。いいですか。綸は社会に羽ばたく大事な時期なんですよ」

「伊予子さんは僕に染織を教えようとなんてしてないよ」

綸が言い返した。

「じゃあ、なんなんだ、その手は。爪も指も青くなって。染め物のせいだろう？　ちがうのか」

忠彦さんの声が乱れる。

「お義母さんも伊予子さんもいつもそういう色の指をしてた。毎日染め物をしてるからだって多佳子から聞いた」

「これも僕が望んだことです」

「お前が？」

忠彦さんがあきれたような顔になる。

「最初は僕が糸の色に惹かれて……。伊予子さんに草木染めを手伝わせてもらって。そのとき、やっと言葉が出た」

綸の言葉に、忠彦さんも多佳子さんもはっとしたような顔になった。

「だから、さっきも言ったようにそのことには感謝している。染織がいけない、と言ってるんじゃない。趣味を持つのはいい。でも、それは生きる道をきちんと決めてからすることで」

「趣味？　伊予子さんのしていることは趣味じゃなくて、仕事です。これでちゃんと生計を立ててる。会社にはいるだけが生きてく道じゃないでしょう？」

綸が忠彦さんをじっと見つめた。

「いいか、綸、職人になるには時間がかかる。一人前になるまでは収入と呼べるものがないんだ。うまくいかなかったらどうする？　お前に染織の才能がなかったり、途中で嫌になったりしたときはなんの補償もない。それから企業に就職しようと思っても手遅れなんだ」

「でも、じゃあ、会社にはいってそれが向かなかったら？」

綸はひるまず言い返した。

「それは……」

忠彦さんはなにか言いかけ、途中で言葉をのんだ。

「大企業って、どんな人でもやっていけるようなところなの？　僕は自分が会社でやっていけるとは思えない。自分がなんのために生きているのかわからなくなって、心が押し潰されてしまう気がする」

「なんのため……？　それは子どもの論理だろう。生きていくには我慢も必要なんだ。人の役に立たなければ生きていくことはできない。だけど、それはそれで、やってみればやりがいがあるものなんだよ。お前だって働けばそれがわかるようになる」

「染織だって人の役に立つでしょう？　それに楽しいことばかりじゃない。作業はくりかえしだし。でも、僕は染織なら苦にならないんだ」

「それはお前がまだ商売をしてないからだよ。売れる、売れないの世界を体験してないから。個人で商売してる人は、売れなかったら干上がるんだぞ」

「僕はただ、いまどうしても織りたいものがある、っていうだけなんだ。それが大学より就活より大事なんだ。それをしないと先に進めない」

「ちがうだろう。いまお前がいちばん大事にしなければならないのは、これからの人生を決めることだ。しっかりした企業に新卒ではいれるチャンスはいまだけなんだ。就活に打ちこむべきときなんだよ。なぜそれがわからない？　内定さえ取れてしまえば、あとは好きなようにできる。やりたいことがあるなら、内定を取ってからすればいい」

　忠彦さんがそう言うと、綸はぐっと黙った。

　しばらく沈黙が続き、わたしは急いで湯呑みにお茶を注ぎ、テーブルに運んだ。忠彦さん、多佳子さんの前にお茶を置く。忠彦さんはすぐに湯呑みを手に取り、お茶をひとくち飲んだ。

「お前は自分の世界に浸るのが好きな子どもだった。いまも逃げてるだけなんじゃないのか。社会に出るのが怖くて、ここにいればひとりで好きなことをしていられる。それが楽なのはわかる。でも、それじゃ、生きていけないんだ。このままじゃ落伍者になってしまう」

「落伍者……」

「わたしはずっとお前のことが心配だった。人の輪にはいるのが苦手で、勉強も好きじゃない。でも人並みの道を歩いてほしかった。だから厳しいことも言った。大学に入学することができて、就職活動もはじめて、なんとかなりそうだ、と安心したところだったのに」

忠彦さんはうつむいて手で額を押さえ、深く息をついた。

「仕事につけなかったら、収入がなかったら、人は生きていけないんだ。お前がこれまで生きてこられたのは、わたしが外で働いて、お金を稼いでいたからだろう？　なぜわからないんだ。これからはいままでより厳しい時代になる。ずっと人を頼っていくつもりか？　わたしだってもうすぐ定年だ。お前を養い続けることはできないんだ」

下を向いたまま、吐き出すように言った。

綸は答えず、だれもなにも言わない。

「でも、だからといって、いますぐ就活しなければならない、ってことにはならないんじゃないですか」

わたしが見かねて口をはさむと、忠彦さんが顔をあげた。

「どういう意味ですか？」

忠彦さんが言った。

「綸さんはまだ学生です。大学は就職のための予備校じゃないですし、綸さんは学業のために大学に行ってるんじゃないですか」

「まあ、そもそもその大学にすら行ってない。それが問題なんですよ」

　忠彦さんがため息をつく。

「人の生きる道が大企業だけにあるわけじゃないでしょう。さっき、いま大事なのはこれからの人生を決めること、っておっしゃいましたよね。ただ機械的に就職活動をして、内定を取ることが、これからの人生を決めることになるんでしょうか。人には自分が生きる道を探す時間が必要で、綸さんはそのために、いま織物をしたい、と言ってるんじゃないでしょうか」

　しまった、また悪い癖が出た。お前は部外者だ、黙っておくべきだ、と心のなかでだれかが言った。

「それは理想論でしょう。それぞれが自分のペースで自分に適切な道を探すのがいちばんいい。若い人はみんなそう言う。でもね、学生っていうのはそれまで学校という守られた枠のなかで生きてきた子どもですよ。社会は子どもが考えるよりはるかに広くて複雑だ。自分を特別だと思っていても、似たような人間、もっと優れた人間がいくらでもいるんです。いったん自分を捨てて、社会に身を投じて、それでも残るものがほんとうのその人の個性でしょう？」

「綸さんも大学をやめるとか、就職しない、と言ってるわけじゃないんです。帯を織る数ヶ月だけ。いま織りたいと思っているものを織れれば……」

「その数ヶ月が大切な期間だと言っているんですよ」

　忠彦さんがいらいらした顔になった。

「それは企業側の決めたスケジュールの話ですよね。綸さんは事故にあって自分の人生を考え直すようになった。その結果、いま帯を織ることを選んだ。これを断ち切ってしまっていいんでしょうか。自分の道を見定めることのないまま、就職を決めることになるんですよ。それに、内定が取れれば自由っておっしゃいましたけど、すぐに取れなかったら？　卒業ギリギリまで持ち越すことだってあるかもしれない。就職したら帯を織るような時間を作ることはできないでしょう？　後悔を引きずって生きることになるかもしれない」

「言いたいことはわかります。でも、社会っていうのは、個人の都合に合わせてくれるほど甘くはないんですよ。じゃあ……」

　忠彦さんは咳払いをした。

「とりあえずいま大学に復学して、就活をはじめる。大学の授業だってそんなに残っているわけじゃないだろう。就活を進めながら、うちからここに通って帯でもなんでも織ればいい。そういう形なら、認めてもいい」

「できません」

　綸が即座に答えた。

「どうして？」

　忠彦さんが綸をにらむ。

「藍の世話があるんです。毎日朝晩、世話をして糸を染めなければいけない。通いでできることじゃないんです」

綸が答えると、忠彦さんはなにも言わず、ソファの背に深くもたれた。

「仕方ないんじゃないの」

となりに座っている多佳子さんが、あきらめたように言った。

「就職活動をはじめるのが遅れたら、苦労するのは綸自身でしょ。それでもやりたいって言うんなら、仕方ないじゃない」

ふう、と大きく息をつき、綸を見た。綸はなにも答えない。

「伊予子には迷惑をかけることになるけど、伊予子だってわかってやってることみたいだし」

多佳子さんは伊予子さんをじろっと見た。

「わかりました。春まで待ってください。藍染めをしながら、綸と相談して経糸を整経に出します。整経に一ヶ月くらいかかりますが、藍染めが終わるころには戻ってくるでしょう。綸の腕があれば、帯を単色で織るだけなら一週間もかかりません。緯糸の表現を考えながら織るとしても、一ヶ月あれば終わります」

「春か。大企業のエントリーには間に合わないだろうが……」

忠彦さんが渋い顔になった。

「いまの綸には、母さんみたいな、どうしても織らないと生きていけない、そういう強い思いがある。これは織ることでしかおさまらない。だから、織りあげるまでわたしがちゃんと面倒を見ます」

伊予子さんがそう言うと、多佳子さんは、ふんっと鼻をならした。

「そういうところがね。そういうところが嫌なのよ。わたしは母さんが嫌いだった。染織に取り憑かれている母さんのことがわからなかったし、染織のことしか考えない、勝手な人だと思ってたよ。いつも機織りの部屋に閉じこもって、家のことは見向きもしなかった」

吐いて捨てるように言った。

「でも、わたしたちが生活してこられたのは、そのおかげでしょう？」

伊予子さんが言い返す。

「お金だけのことなら、再婚するとか、別の道もあったでしょう？　母さんは単に織物の世界で頭がいっぱいだっただけ。染織に魅入られたみたいなもんだよ。賭けごとにはまるのとたいして変わらない。逃げればいいのに馬鹿正直にそれにつきしたがってたあんたの気持ちも全然わからなかった。綸が染織に夢中になるのも正直不愉快だよ」

多佳子さんが声を荒らげる。

「まあ、綸も一枚織ったら気がすむだろう」

横から忠彦さんがたしなめた。

「綸。ここに長居すれば納得のいく会社にははいれなくなる。お前自身、自分がどこでもうまくやっていけるタイプじゃないことはわかってるんだろう？　ならなおさらだ。真剣に考えないと生きていけなくなる。だから、ある程度のところでけじめをつけろ」

「わかりました」

「わたしが学費を払うのも、お前を養うのも来年度までだ。いいな」

「わかりました」

綸が無表情にうなずく。

忠彦さんは、多佳子さんに、じゃあ、行こう、と声をかけ、立ちあがった。

四章　蘇芳

1

忠彦さんたちが帰ったあと、綸は一切その話をしなかった。伊予子さんの方もその話は持ちかけない。ふたりともいつも通り淡々と作業を続けていた。

綸は大晦日までいつもと同じように藍染めをしていたが、元日だけは一日休むことにしたらしい。伊予子さんに、お正月は仕事をしちゃいけない、藍も疲れているから休ませた方がいい、と言われたからだ。

遅い朝食をとったあと、綸は離れに引っこみ、伊予子さんは居間で年賀状を読んだり、本を読んだりしている。わたしも今日はなにもしない、と決め、午後になってから伊予子さんと近所の神社まで初詣に行った。

夜、三人で早めの夕食をとってから家を出た。駅で鈴音と落ち合い、コンビニでおつまみとお酒を買って、鈴音の家に向かう。

道すがら、年末に綸の両親がやってきて一悶着あったことを話した。

「それはたいへんだったねえ」

鈴音が同情するような口ぶりでうなずく。

「まだ決着がついたわけじゃないんだけど。でも、いまはとにかく綸は帯のことに集中したいみたいだから。先のことは織りあがってからじゃないとね。ところで、武井未都のこと、なにかわかった？」

「うん。いくつか。例の知り合いは、アートカフェを経営している倉田《くらた》さんっていう人なんだけど、武井未都が所属しているギャラリーとわりと近い業界だったみたいで、いろいろ噂を教えてくれた」

倉田さんは、綸につきまとっていた男はネットで頻繁に武井未都に関するレビュー動画を配信していたワダツミという男かもしれない、と話していたらしい。

「ワダツミ？」

「海の神って書いて海神《ワダツミ》。本名じゃないと思うけど」

海神はアートにまつわるレビューを動画で配信していて、とくに武井未都に入れこんでいた。展示があれば必ず会場におもむき、その感想を動画でアップしていたのだそうだ。

「とにかく未都への思い入れが強くて、ほかの人がＳＮＳで武井未都に否定的なコメントを書くと必ず文句をつけてたみたい。倉田さんに教えてもらって、動画やＳＮＳも見てみたけど、たしかにちょっと執着が強すぎて、やばい雰囲気だった」

鈴音が言った。

「動画って顔も映ってるんだよね」

「もちろん。だからそれを見ればほんとにその男かわかると思うよ。うちに帰ったら見せる」

「その海神っていう人、武井未都とリアルにかかわりがあったのかな。警察の人は関係妄想じゃないか、って言ってたけど」

「倉田さんも、ないんじゃないかって」

「どうしてわかるの？」

「武井未都が所属していたのは『gallery fujimori』っていう、未都の伯父が経営していたギャラリーなんだよね」

「実の伯父さんってこと？」

「そう。藤森《ふじもり》氏は業界では影響力のあるギャラリストなんだって。その藤森氏が海神のことを嫌ってて、未都の絵を海神みたいなレビュアーに論じられるのは迷惑だってあちこちで言ってたらしいんだよね。未都はあまり人前に出ない作家で、出るときはたいてい藤森氏といっしょ。だから、海神は近づけなかったんじゃないか、って」

「なるほど」

「業界では藤森氏が未都の絵を扱う権利を独占してるっていう噂があって、海神はそのことを自分の動画で暴露して、批判したみたいで」

「それがいけなかったってことか」

マンションの入口に着く。鈴音は入口の近くの郵便受けを開け、分厚い新聞と郵便物を取り出した。朝早くから出かける用事があったみたいで、まだ新聞も年賀状も取ってなかったんだ、と笑った。エレベーターにのって七階にのぼり、鈴音が部屋の扉を開ける。

「仕事関係の資料もあるし、ここもだいぶ狭くなったよ」

鈴音は笑いながら、郵便物と新聞をテーブルに置いた。鈴音の父親がひとり暮らしをする娘のために購入した部屋で、間取りは１ＤＫ。大学生の住まいとしては広いと思っていたが、以前より棚が増え、手狭になっているように見えた。

買ってきたお酒とおつまみを袋から出し、テーブルにならべる。調子にのって買ってしまったけれど、あらためて見ると、こんなに食べられるのか、と思う量である。

鈴音が食器棚からお皿や箸を取り出す。

「あ、あと、これもあった」

電子レンジの上からお菓子の箱のようなものを持ってくる。同僚からもらった土産らしい。

「まずこれ食べようっと」

鈴音は湯呑みにお茶を淹れ、箱からお菓子をひとつ取り出す。わたしもひとつ取って包みを開けた。ふわふわした生地にカスタードクリームがはいった創作和菓子だった。

「で、海神の動画だよね」

鈴音はテーブルの上でノートパソコンを開いた。キーボードを叩き、画面がわたしに見えるようにくるっと回転させる。鈴音にうながされ、動画の再生ボタンを押した。

広告のあと、画面に男が現れた。

これがあの男？

じっと目を凝らす。とても同じ人とは思えない。あのときはマスクをしていたし、フードもかぶっていた。ちゃんと見えたのは目のまわりだけ。画面のなかの男はマスクもなく、表情も生き生きしていた。しゃべることが楽しくてたまらない様子だ。饒舌《じょうぜつ》で、自分の話に酔っている。あのときの冷たく生気のない表情とは全然ちがった。

だが、しばらく見ているうちに、顔を伏せたときの目の感じがあの男とそっくりだと気づいた。眉尻に近いところに目立つホクロがあり、そういえばあの男も同じ位置にホクロがあったと思い出した。

「たぶんこの人だと思う。目の形やホクロの位置が同じだし」

この動画は去年の三月のもので、最後にアップされたものだった。武井未都が死んだあとは更新が止まっているようだ。それから未都関係の動画をいくつか見た。鈴音が言っていたように思い入れが強すぎるし、トークも上滑りしている。

しかし、たとえそれが思いこみによるものだとしても、この人にとっては武井未都がなにより大事なものだったんだろう、と感じた。未都の死は、自分のいちばん大事な部分を失うことだったのかもしれない。

最初に別人だと思ったのは、表情のこともあるが、わたしと会ったときの海神がもっと痩せていたからだ。武井未都の死後、人相も体形も変わってしまったということなんだろう。

「この人、学芸員とか美術評論家とかじゃないんだよね」

「倉田さんはウェブメディアで書いてるのを何度か見たって言ってたけど、少なくとも大学の先生や学芸員ではないみたい。むかしとちがって、いまはだれでも自由にコメントを公開できるし、動画も配信できるから」

「でも、この動画だけじゃ食べていけないよね」

「アフィリエイト収入はあるだろうけど、視聴回数を見るかぎり食べていけるとは思えないなあ。実家住まいとか」

　そういえば警察の人は身元引受人が来ると言っていた。実家住まいで、親が引き取りに来るという意味だったのかもしれない。

「それか、昼間はふつうに働いてるのかも。美大出身みたいだし、美大受験予備校の講師の可能性もあるし」

「ああ、なるほど」

　学校の教師の場合は勤務先にバレるとまずいかもしれないが、予備校講師というのはありそうだ。わたしの勤めている塾にも、職場では明かさないがなにか別の活動をしているんじゃないかと思わせる講師はいる。

「それと、倉田さんから教えてもらったんだ。武井未都の写真」

「写真？」

「あまり人前に出ない人だったから、ネット上にもほとんど写真がなくて。でも、載ってる場所を教えてもらった」

鈴音はキーを叩いてサイトを検索した。画面に女性の上半身が映る。真っ黒い髪で、前下がりのボブにしている。切れ長の目に強い力があり、吸いこまれそうになった。

——すごい才能の持ち主だったんです。それはサイトの絵を見ただけでわかりました。あの人が死んで、僕が生きているのはおかしいんじゃないか、って。

綸の言葉を思い出す。そのときはおかしなことを言う、と思ったが、こういう人ならそう考えてしまうのもそれほどおかしなことではないかもしれない。

「美術系のポータルサイトに載ったものなんだよ。gallery fujimoriで開かれた最新の個展のときの記事みたい」

記事を読むと、個展の開催日は去年の三月。未都が死ぬ一ヶ月前だ。そのときまでは個展を開いていたんだな、と思う。

「ギャラリーが個展用に作ったページもあるんだけど、見た?」

鈴音に訊かれ、首を横に振った。

「ギャラリーのサイトに載ってる武井未都の作品は見たけど……」

「ブログ形式になってるから、もうだいぶ下の方に行っちゃってるんだよね。この記事からリンクがあって」

鈴音がリンクボタンをクリックする。画面いっぱいに水面を描いた絵が広がった。個展のタイトルは「まぼろしの街」。

絵のすぐ下に、武井未都自身からのメッセージが掲載されていた。

水の世界が好きだ。

水のなかにある実体、水に映る像、水に映る影、水を照らす光。

見ているうちに、どれがほんとうかわからなくなる。どれもほんとうじゃない気がする。

今回はとくに、雨の日の街の風景を描いた。

雨滴が落ちる水たまりに映った街。雨の流れる窓ガラスに映る街。人や、車や、建物。ネオンサインや家の灯り。揺れて崩れる風景のなかに、実際には存在しないまぼろしの街が現れる。

その像が一瞬の現象にすぎないのと同じように、わたしたちの心も一瞬の現象の集積にすぎない。一瞬を描くことこそ、心を描き出すことに通じると思う。

メッセージの下に、個展で展示された絵の一部が載っている。どれも雨の日の風景が描かれているが、風景自体より水が作り出す世界に重点が置かれていた。

「相当繊細な人だったんだろうね。世界がこんなふうに見えるなんて、わたしにはちょっと理解できない。でも、この世界はなんとなく心惹かれる。美術としてどうなのかはよくわからないけど、心に直接はいりこんでくるようなところがある」

鈴音の言葉に、わたしもうなずいた。

「こんなふうに世界を見たことはない。でも心のどこかで知っている。そんな気持ちになる」

「だから売れてたのかもしれないね」

鈴音は掲載された絵の部分をあちらこちら拡大したりしながらながめている。

「なんで死んじゃったんだろ」

パソコンから手を離し、鈴音がつぶやいた。

「こんなに美人で、才能もあって、世の中にも認められてたのに」

「別に、美人であることも、才能があることも、世の中から認められてることも、死なない理由にはならないよ」

わたしは答えた。

「容姿はともかく、彼女の場合は、彼女にしかできないことがあったわけで……。それってすごいことでしょう？　存在する意味がある、ってことじゃない？」

鈴音は納得できないようだった。

「でも、それが生き続ける理由になるとはかぎらない。むかしから、きれいでも、才能があっても、死を選ぶ人はいる。『存在する意味』って言っても、それはほかの人から見ての話で、本人には関係ない」

その人にしかできないことがあったとしても、それがその人のしたいこととはかぎらない。はじめはどうでも、生きるうちに変わってくることもある。疲れて耐えられなくなることもある。それに死に引き寄せられる気持ちは、理屈で割り切れるものではない。

そもそも、才能というのは世界からのズレなのだ。人とちがうから才能があると言われる。

それ自体が苦しいことなんじゃないか、と思う。

だが、説明しても理解されない気がして口をつぐんだ。

「これって自殺なのかな」

鈴音が首をひねる。

「さあね。でも自殺じゃないならどうして落ちたの？　ベランダの手すりに壊れた形跡はなかったし、過って人が落ちるような構造じゃないっていう話だったよ」

「他殺、ってことは？」

鈴音がひらめいたように言った。

「殺されたってこと？　だれに？　どうして？」

「絵の販売の権利をすべて伯父が持ってたっていう話だったじゃない？　そのことで揉めたとか……」

「その伯父さんとってこと？　でも、その伯父からしたら、人気のある未都が死んじゃったら元も子もないでしょう？」

「でも、殺人の動機って、すべて理屈で割り切れるわけじゃないでしょう？　恨みつらみが積み重なればなにが起こるかわからないし、最初から殺すつもりじゃなくても、感情が昂って衝動的に、ってことだってあるだろうし」

「それはそうだけど……。遺書のない不審死だし、そういうことは警察もちゃんと調べたんじゃないの？　いまはどこのマンションだって監視カメラはついてるだろうし、ドラマじゃないんだから、隠すことなんてできないよ」

「うーん、そうだよねえ」

鈴音が宙に視線を泳がせた。

「所詮こういうのは陰謀論と同じ妄想か。実際に人が死んでるんだし、あれこれ勝手に想像をめぐらせるのは不謹慎だね」

そう言ってため息をつく。

「あ、でも、もしかして……」

突然、鈴音が声をあげた。

「海神が綸くんをつけまわしてたのって、似たようなことを考えたからかもよ。綸くんがなにか目撃したかもと思って……」

「目撃？」

「綸くんは武井未都の下敷きになったわけだよね。ということは、もしかしたらベランダの様子が見えてたのかもしれない」

「でも、綸の話だと、突然上から降ってきた人にぶつかって、なにが起こったのかもわからなかった、って言ってたよ。上は見てなかったんじゃないかな。人が落ちてくるってわかったら、ふつう逃げるでしょ」

「綸くんがほんとに見てたかどうかは問題じゃないんだよ。海神からそう見えただけでもいい。ほんとはなにも見てなくても、海神は綸くんがなにか目撃したと勘違いしてる」

「まあ、それならたしかに……」
海神がくりかえし言っていた「未都は最後になんて言ったんだ」という言葉も、海神が綸を目撃者だと思いこんでいるとすればわからないことはない。

よく考えてみれば、未都は落ちて死んだのだ。最後に、というのは落ちてきたあとではなく、落ちる前、と考えるべきだろう。

落ちる前に未都がなにか言った。海神は下にいた綸がその声を耳にしたと思っている。この場合、実際に殺人がおこなわれたかは関係ない。すべて海神の妄想かもしれない。重要なのは、海神がそう思いこんでいるということ。

「海神が一部始終を見て、なにか思いこんでた、っていうのはあるかもね。なにしろ、綸が川越にいることを突き止めてきたくらいだし、そもそも武井未都に異様に執着してたわけだから、未都の自宅のマンションも知ってただろうし」

「未都のマンションってどこだったんだっけ？」

「綸の通ってる大学の近くっていう話だったよ」

渋谷《しぶや》にある綸の大学の名前を告げると、鈴音は、ああ、あそこか、とうなずきながら、パソコンで地図を開いた。

「近くって言っても、都心だからなあ。まわりにマンションっぽい建物がけっこうあるよ」

地図を見ると、たしかにビルやマンションがたちならんでいる。

「伊予子さんの話では綸は渋谷から通ってたみたいだし、渋谷から大学までのどこかだとは思うけど」

伊予子さんは事故現場のくわしい場所までは聞いていないようだった。

「綸に訊けばわかると思うけど、事件のことを思い出させるのはちょっと」

せっかく気持ちが前向きになってきたところなのだ。事件の話を出すのはためらわれた。といって、多佳子さんたちに聞くのはハードルが高すぎる。

「あ、でも、検索すればそのときの記事が見つかるだろうし、現場の写真も載ってるかも」

鈴音はパソコンに向かい、ほどなく当時のネットニュースの写真を見つけた。現場近くの建物が写っている。マンション名や住所のわかるものは写っていないが、しっかりした造りのやや古そうなマンションだ。

「未都はここに住んでたってことかな」

そして、ここから飛び降りた。そう思うと、ぞくっとした。

「ちょっと特徴のある壁だよね」

鈴音が写真を凝視する。たぶんもともとは真っ白だったのだろう。タイル張りではなく、モルタルで鱗のような模様が作られている。

「行けば見つかるかな」

「どうだろう。でも、駅から大学に行く途中にあるんだろうし、こういう壁のマンションはそんなにないだろうから……」

「明日、行ってみようか」

鈴音がこっちを見た。

「え、鈴音、明日実家に帰るんじゃないの？」

驚いて訊いた。

「帰るよ。でも大丈夫。夕方の新幹線だから、それまでけっこう時間がある」

鈴音の実家は浜松《はままつ》だ。東海道新幹線に乗れば一時間半ほどで着く。今年は帰省客も多いということで、もう指定券も買ってあるらしい。

「行ってどうするの？　いまさらなんもわからないでしょ？」

「まあ、単なる野次馬根性だけどさ。でも、なんか気にならない？」

そう訊かれて、答えに迷った。たしかに気にはなる。でも、行ったところで単なる好奇心で現場を探ることにためらいもあった。

「わたしは海神が二度と現れなければそれでよくて……」

そこまで言ったとき、ふっと武井未都の水たまりの絵が頭をよぎった。

未都は、あの絵を描いた未都は、日々どんな風景を見て過ごしていたんだろう。ネットで見た未都の絵が次々に頭をよぎり、彼女が見ていた風景を知りたくなった。

「行ってみようか」

わたしが言うと、鈴音は少し驚いたような顔になった。

「なんだ、てっきり気が進まないのかと……」

「素人が勝手にかぎまわるのはどうかと思ったけど、武井未都がどんな風景を見ていたのか、ちょっと気になって」

「じゃあ、明日の朝起きたら行ってみよう。それからお昼を食べて……」

綸の大学の近くには、以前鈴音がよく行っていたカフェがあるらしい。ずっと行けずにいたが、ネットで調べてみるといまも営業していて、正月も開いている。久しぶりにそこに行きたい、と鈴音は言った。

その後はしばらく大学時代のことやおたがいの近況をだらだらしゃべっていたが、翌日のことを考えて切りあげた。鈴音はばたばたと帰省の準備をして、終わったと思ったらばたんと横たわり、そのまま眠ってしまった。

2

むかしから寝つきがよかったよな、鈴音は。

すうすうと寝息を立てている鈴音を見て、むかしのことを思い出した。

大学時代、常に不眠気味だったわたしは、鈴音のところに泊まるたび、その寝つきのよさをうらやましく思っていた。だが、その寝顔を見ているとなぜかわたしも自然に眠りに落ちる。鈴音のところに泊まりに行っていたのは、快眠を求めていたからかもしれない。

高校までは学校でひとりで過ごすことが多かったが、わたしも大学ではそれなりに社交的に人と接するようになった。そうふるまう方が楽だと気づいたのだ。しかし、心を許していたとは言い難い。表面的なつきあいで、自分の生い立ちをまわりに話したことはなかった。

唯一の例外が鈴音だった。鈴音にだけは父が出て行ったことも、母が死んだことも話した。細かいところまでは語らなかったが、鈴音の方からそれ以上根掘り葉掘り聞いてくることもなく、だからこそ安心できた。

なぜ鈴音だけが特別だったのかは、いまもよくわからない。

鈴音は大家族で育った。三世代が同居し、四人きょうだいの三番目。姉、兄、鈴音、弟で、男ふたりのあいだにはさまれ、親からはとくになにも期待されなかったし、放っておかれることが多かった、と笑っていた。

わたしは「何者か」になろうと思って生きてきたんだよ、と話すと、槐はたいへんだったんだねえ、と言って、頭をなでてくれた。わたしはぽかんとして、その気持ちよさに泣きそうになった。でも、それ以上は話さなかった。鈴音によりかかってしまうのが怖かった。

鈴音の寝息を聞きながら、自分も眠りに落ちていくのを感じていた。


だれかが階段をのぼっている。マンションの外階段だ。黒い髪の女性の背中をわたしはうしろからぼんやりながめている。

女性が階段から身を乗り出す。止めようと思うが、身体が動かない。黒い髪が宙を舞って、落ちていくのが見える。

うわっと思った瞬間、目が覚めた。

薄暗い部屋。いつもとちがう天井。自分が横たわっているのがソファベッドだとわかり、同時にここが鈴音の家だと気づいた。

夢か。

外はまだ暗い。枕元のスマホに触れると、まだ三時過ぎだった。ふうっと息をつく。

背中が汗ばみ、心臓がまだどくどくしていた。わたしは身体を起こし、ゆっくりと立ちあがった。鈴音を起こさないようにそっとキッチンに行き、冷蔵庫にしまっておいたペットボトルの水を飲んだ。

今日は鈴音と出かけるんだ。早く寝ないと。水を飲み終わるとすぐにまたソファベッドに戻り、腰をおろす。身体を横たえ、目を閉じてみる。

さっきの夢の断片が頭のなかをひらひらと舞っている。あんな夢を見たのは、鈴音と武井未都の話をしたからだろう。でも夢のなかで落ちていった女性は未都じゃない。

あれは母だった。

みぞれの夜、マンションの階段から落ちた母。

あの夜の記憶は、すべてガラス越しのようだ。みぞれの降る夜だった。足りないものがあるからコンビニに行く、と言って出かけた母がなかなか帰らず、外を捜すとマンションの階段の踊り場に倒れていた。

急いで救急車を呼んだが、手遅れだった。階段で足をすべらせて落ち、頭を強く打った。おそらく即死だっただろう、と言われた。警察もやってきて、いろいろ訊かれた。

気持ちが冴え冴えとして、なにが起きたのかはっきり理解しているのに、同時にそれが夢の出来事みたいに遠かった。

あれは事故死。わたしもそれで納得した。だが、母の人生を考えるたびに、自殺だったとしてもおかしくはない、と思ってしまう。

母は呉服売り場で働きはじめるとすぐに店舗トップの成績をおさめるようになった。美貌と着物を見る目のおかげ。職場ではよくそう言われていたようだが、たぶんそうじゃない。

母は必死だったのだ。ひとりでわたしを育てるため、人並みの生活を送るため。話術を磨き、糸口が見つかればそこから躊躇なく客に食らいついた。

わたしを塾に行かせるために毎日遅くまで働き、取引先の誘いで飲みに行くこともあった。体力も気力もあり、酒にも強かった。かなり飲んでも顔に出ないし、二日酔いにもならないタイプだった。

呉服売り場で働くためには着物もたくさん必要で、ローンを組んでは着物を買い足した。わたしの学費を貯めるために、いつもいつもお金のことを気にしていた。

だが、夜になると必ず、自分は空っぽな人間だから、と言った。それがなんだか、どこかの部品が取れたおもちゃのようで、なにかの拍子に壊れて、ぱたりと動かなくなってしまう気がして怖かった。

いつ死んだっておかしくない。心のどこかでそう思っていた。

だが、あれはまちがいなく事故死だ。

あの高さの階段から落ちても、ふつうは死なない。せいぜい捻挫か骨折。死んだのはただ打ちどころが悪かったから。もし死ぬ気なら、母は確実に死ぬ方法を選ぶ。

それに、あのときの服装は着古したパーカーとジーンズだった。母ならもっといいものを着る。髪もきちんと整え、自分のいちばん気に入っている服を身にまとうはずだ。

なにを着るだろう。たぶん着物だ。むかしは古臭いと馬鹿にしていたのに、母は結局着物に救われた。よそゆきはすべて着物だったし、結局着物がいちばん似合うのかもしれない、と言ったこともあった。

でも、母の箪笥のなかに一枚だけ母が着たことのない着物があった。紬の赤い着物。むかし祖母が織ったものだと言っていた。

母が結婚するとき、祖母が織って持たせたものだ。だが母は、死ぬまで袖を通さなかった。といって、手放しもしなかった。祖母の作だから、売りに出せば、それなりに高値がついただろうに。

大学に合格し、部屋を引き払うために遺品を整理していたとき、その赤い着物が出てきた。母が死ぬと決意したら、もしかしたらあの着物を着たのかもしれない。鎧のように身にまとっていた仕事着の着物ではなく、祖母が織ったあの着物を。そのときなぜかそう思った。

あの赤い着物は、いまもわたしの部屋にある。引っ越しが続くなかでほとんどの着物は処分したけれど、あの赤い紬だけは捨てられず、箪笥の奥にしまってある。

久しぶりに見てみたいな。あのころは、紬のことも草木染めのことも祖母の仕事のこともなにもわかっていなかった。伊予子さんを手伝うようになったいまなら、もっとちがうことを感じるかもしれない。

　そう思いながら目を閉じた。

3

「槐」

　遠くから声がして、目が覚めた。部屋のなかはあかるくなっていて、そばに鈴音がいた。

　どうやらあのあとすぐに眠ったらしい。そう気づいて身体を起こす。いまとなってみると、夜中にいったん目が覚めたことも、夢の一部だったような気がした。

「そろそろ起きて出かけよう」

　鈴音の言葉に時計を見ると、九時を過ぎていた。

「朝ごはんは昨日買ったパンでいいよね。わたしも今日から帰省するから、パンやおかずの類は残しとくわけにいかないし」

　鈴音がそう言いながら、昨日買ってきたあれこれをテーブルの上にならべていく。あきらかに買いすぎたと思ったが、朝ごはんの分まで買ったのだと思えば、ちょうどいい量だったのかもしれない。まとまりのない朝食をとり、家を出た。

渋谷の駅には人がひしめいていた。

ここに来るのもずいぶん久しぶりだ。大学卒業後は仕事で東京を離れ、その後はコロナ禍もあって都心に出なくなっていた。

駅のまわりにはあたらしい商業施設がいくつもできている。人出も多く、道ゆく人が一様にマスクをしていること以外は、コロナ禍前と変わらないように見えた。

繁華街を抜けて坂をのぼり、広い街路の上にかかった歩道橋を渡る。綸もこの道を通って大学に行っていたはずだ。ここまでは雑居ビルばかりでマンションはなかったし、人通りも多い。事件が起こればもっと騒ぎになっていたはずだ。

歩道橋を渡ると綸の大学が見えてくる。大学までは車線の多い国道で、建っているのもオフィスビルか、下に店舗のはいった雑居ビルがほとんどだった。

「おかしいね。白い鱗の壁の建物なんてなくない？」

鈴音が不思議そうな顔になる。

「たしかに」

あたりを見まわしてうなずく。ここから先、歩道の右手はもう大学の敷地だ。

「渋谷からだとこれ以外の道は考えられないけどなあ」

「まあ、伊予子さんもはっきり通学路って言ってたわけじゃないから……」

「大学生だもんね。帰りにちょっと寄り道したりすることもあるか」

鈴音はそう言ったが、綸は大学でもあまり友だちがいなかったはず。ひとりで街をぶらつくようにも見えない。

記事の写真にあった白いモルタルの壁のマンションを捜して、大学のまわりの路地をぐるぐるめぐり歩いた。だが、なかなか見つからない。一時半を過ぎるとさすがにお腹が空いて、いったん街の方に戻り、鈴音のお気に入りのカフェで遅い昼食をとることにした。

繁華街から少し離れた路地にあるせいか、そこまで混んでいない。窓際の席に座って、鈴音はパスタ、わたしは焼きリゾットを頼んだ。

「あれ、久しぶりだね」

店長が鈴音に気づいたらしく、話しかけてきた。

「そうなんです、コロナでずっと街にも来てなくて」

鈴音は笑顔で答え、しばらく鈴音の近況の話で盛りあがっていた。

「それで？　今日はどうしたの？　新年早々買い物？」

店長に訊かれ、鈴音は首を横に振った。

「実はちょっと探している場所があって……。このあたりに白い鱗みたいな壁の古めのマンションってありませんか？」

「白い鱗みたいな壁？」

店長が首をひねる。

「去年の春、そこで飛び降りがあったみたいで。武井未都っていう若い女性画家が亡くなって、男子大学生が巻きこまれたっていう」

「ああ、あったね。あの大学の学生さんもよくこの店に来るから、その話は何度も聞いたよ」

店長がうなずいた。

「え、ほんとですか？」

鈴音が目を丸くする。考えてみたら、ニュースになるような事件だったのだ。地元の人のあいだで話題になるのは不思議じゃない。

「実は、その巻きこまれた男子大学生っていうのが彼女のいとこで……」

鈴音がちらっとわたしの方を見た。

「え、そうなの？　彼もあの大学の学生だったんだよね」

店長に訊かれ、はい、と答えた。

「彼、結局どうなったの？」

「身体は回復しました。大学はまだ休学中なんですが、日常生活にはもう支障ありません」

「そう。それはよかったね」

「で、昨日久しぶりに彼女がうちに泊まりに来てその話になって、亡くなった画家さんの絵が載ってるサイトを見たりしてるうちに、どんなところに住んでたのか気になってきて」

「ああ、そういえば白いモルタルの壁だったね、あのマンション」

店長が宙を見あげながら言った。

「知ってるんですか？」

「うん、学生さんたちから聞いてたから。たまたま犬の散歩で近くを通ったとき、ああ、このマンションか、って」

「どこにあるんですか」

すかさず鈴音が訊いた。

「えーと、地図アプリとか出せる？」

「ちょっと待ってください」

鈴音がバッグからスマホを取り出し、地図アプリを立ちあげた。

「ええと、この店がここでしょ？　大学がここで……」

店長が画面を指でスライドさせていき、ある場所でピンチアウトした。

「ええと……。そうそう、ここ。この建物」

「これですか？」

鈴音が画面を航空写真モードに切り替える。たしかに白っぽい建物だ。

「駅とは逆方向なんですね」

鈴音が不思議そうに言った。建物は大学から見て、駅とは逆方向に少し歩いた路地のなかにある。さっき鈴音と歩いたときも、近くまでは行ったのだ。だが、細い路地だったし、先になにもなさそうだったからはいるのをやめた。

「その画家さん、若い女性だったんでしょう？　コロナ禍でたいへんだったのかな。アーティストの生活って全然想像つかないけど、やっぱり個展とかは開きにくかっただろうしね」

店長が言った。これまで考えなかったが、コロナ禍に若い女性の自殺が増えた、という報道も流れていたし、そういうこともあるのかもしれない、と思った。

ランチを終えてから、地図をたよりに店長に教えてもらった場所へ向かった。

「あった。たしかにこの壁だ」

鈴音がマンションを見あげた。白い鱗の壁。ネットの写真通りの建物だった。外から数えるかぎり、マンションは十階建て。敷地も広く、なかなか大きなマンションだ。

「何階に住んでたんだろうね」

建物を見ながらうろうろ歩き、裏手の路地にまわった。鈴音は鈴音で気になるところがあるらしく、いつのまにか遠く離れてしまっている。追いかけようと思ったとき、電柱の根元に瓶がくくりつけられているのが見えた。気になって、近くにしゃがんだ。

「なにしてるんですか」

うしろから声がした。びくんとしてふりかえると、年配の女性がひとり、こちらを見おろしている。あわてて立ちあがり、すみません、と謝った。

「すみません。瓶があったので、なんだろうと思って」

「ああ、その瓶ね。去年ここで不幸があってね。この上に住んでる若い女性が飛び降りたんだよ。画家だったみたいで、ファンの人なのかな、そこによく花が供えられてて」

「そうだったんですか」

「なんだ、知らなかったんだね。花を供えに来た人かと思った」

　女性の表情が少しやわらぐ。

「ちがいます」

「じゃあ、いいんだよ。わたしもこのマンションに住んでてね。花を置いてく方は置いてくだけだけど、こっちは枯れたときに片付けなくちゃいけないから。供養の花だから粗末にもできないし、ちょっと困ってて」

　女性はため息をついた。

「まあ、最近じゃ花もだいぶ減ったけどね。ひとりだけ毎週木曜日に花を生けてく人がいたけど、その人も年末になってからは来なくなって」

　年末になって？　年末から来なくなったということは、もしかして、海神？

「もうだれも来ないなら、瓶を外そうかと話してたんだよ。でも、こっちで勝手に外すのもね。だから花を供えに来た人ならなんとかしてもらおうかと」

「すみません、わたしはなにも知らなくて……」

「なら、いいの。ごめんなさいね」

　女性は手をひらひらふって立ち去ろうとした。

「あの、すみません。亡くなった方って、何階に住んでらしたんですか？」

「八階よ。このちょうど真上」

　女性が建物の上を指差す。

「でも、あんまり人に言わないでね。最近ようやくその部屋にあたらしい人がはいったみたいで。たぶん事件のことは知らないのよね。わかっちゃったら気の毒だから、わたしたちも言わないことにしてる。どんな人か知らないけどね」

彼女は気まずそうな顔で笑った。都心では人の出入りも多い。こうしてその場所であったことが消え去っていくんだな、とぼんやり思った。

建物の入口側にまわって、鈴音と合流した。鈴音は建物のまわりを見て歩いていたらしい。わたしは住人から武井未都が住んでいたのが八階だったと聞いたことを話した。

「八階かあ。それはまず助からないね」

たしかに二階や三階からの飛び降りだと死に至らない場合もあるだろう。

「でもさ、やっぱりここ、駅に行くのとは全然別方向だよね」

鈴音が首をひねった。距離的には大学からそう遠くない。カフェで地図を見たときにも思ったが、駅に行くのとは方向がちがう。

「この道の先も見てみたけど別にお店もなにもなくて。綸くん、なんでこんなところにいたんだろうね。散歩？」

「散歩……？」

大学のまわりをひとりで？

「事故があったのって何時くらいだったんだっけ？」

「けっこう遅い時間だった気がするけど……」

目を閉じ、記憶をたぐる。

伊予子さんのところに連絡してきたのは綸の兄の聡だった。綸が事故にあって命が危ない、自分もいま仕事先から病院に向かっているという電話で、かかってきたときは夕食の準備の最中だった。あの日は塾の仕事が休みで、わたしも家にいた。

電話が来たのはたぶん七時を少し過ぎたころ。電話のなかで、聡は事故が起こったのは一時間くらい前と言っていたらしい。

「たぶん六時ごろだと思う」

「六時か。事故があったのは四月の半ばだよね。もう日が長くなってるから、その時間だとまだあかるいかな」

鈴音がスマホで日の入りの時刻を調べはじめる。

「うん、やっぱり。四月の半ばだと日の入りは六時過ぎだよ。だからまだ日はあったはず」

いや、ちがう。あの日は雨だったんだ。すぐにそう思い出した。

「ううん、その日は一日じゅう雨で、五時くらいにはもう真っ暗だった」

「雨？　じゃあ、散歩なんてしないか」

鈴音が怪訝《けげん》な顔になる。

「まあ、綸はもともと内向的だし、雨のなかでも考えごとをしながらぼんやり歩くってことはあるかもしれない」

だが、あの日の雨はそれなりに強かった。豪雨や強風というわけではなかったけれど、細かい雨がしとしと一日じゅう降り続き、肌寒かった。

「あ、わたし、もうそろそろ行かないと」

鈴音がスマホを見てそう言った。

「そっか、新幹線の時間があるんだっけ」

結局なにもわからなかったが、急いで駅に戻った。鈴音は新幹線に乗るために品川《しながわ》駅に向かい、わたしは家に帰るため逆方向の山手線に乗った。

4

帰宅すると、伊予子さんと綸が夕食の準備をしていた。綸は今日も藍染めをしていたらしい。

「三が日くらい休んだら、って言ったんだけどね」

伊予子さんは少しあきれたような顔で笑っていた。

夕食が終わると、綸は早々に離れに戻っていった。綸は夕食を作るのを手伝っているので、片づけはわたしの担当である。お茶を飲んでいるとき、わたしは母の赤い着物のことを思い出し、伊予子さんに訊いてみることにした。

「あの、伊予子さん、すみません。母の着物のなかに、祖母が織った赤い着物があったんですが、知ってますか」

「ああ、蘇芳の着物ね」

伊予子さんが即座に答えた。

「蘇芳……。あれは蘇芳の色だったんですね」

伊予子さんの言葉にはっとした。あのころはわからなかったが、教室の手伝いをするようになったいまはわかる。

蘇芳とはマメ科の木で、幹の芯を染料に使う。細かくした芯材を袋に入れて煮出すのだ。媒染前は茶色がかった朱色だが、媒染によって、真紅、赤紫、エンジ、紫などさまざまに色を変える。

蘇芳の赤は重く、深い。濃くも淡くも染められるが、あざやかなピンクや赤になる紅花とも、すっきりとした茜ともちがう。蘇芳の赤がいちばん血の色に似ている気がする。

「あの着物、どうした？」

伊予子さんが訊いてくる。

「持ってます、いまも。あれだけはどうしても手放せなくて」

「そう。よかった」

伊予子さんの表情がほっとゆるんだ。

「いま出せる？」

「え、これからですか？」

夜なのに、と思いながら訊き返す。

「まあ、いいじゃない、お正月なんだし。久しぶりにあの着物を見たくなった」

伊予子さんの声は、心なしかうきうきしている。

「ええ。出せますが」

「じゃあ、ここを片づけたらさっそく出してみよう」

勢いに押されるようにしてうなずいた。片づけはわたしひとりでするつもりだったが、その方が早いから、と伊予子さんが手伝ってくれた。ふたりで手際よく食器を洗い、わたしの部屋に移動した。

押し入れを開け、奥から桐箱を引っ張り出す。

「ああ、これだ」

城倉のマークのはいったたとう紙を見て、伊予子さんがつぶやく。桐箱から出し、たとう紙をちらりと開いた。なかに赤い色がのぞいている。

伊予子さんが紙紐を開くと、きれいにたたまれた着物が出てきた。赤い。でも一様な赤ではないと気づいた。濃淡があり、ランダムなグラデーションになっている。あちこちに紬ならではの節があり、細かい陰影を形作っていた。

「きれい」

思わず声が出た。あのころは、こんなに複雑でうつくしいものだとは気づかなかった。

「蘇芳の赤は深い赤だよね。『情念の色』と言う人もいる」

伊予子さんが着物の表面を軽くなでた。

「母さんは姉さんたちが結婚するとき、自分の織った紬を一枚ずつ持たせていたんだよね。多佳子姉さんのときは、梅や桃で染めたピンクがかった淡い茶色と、桜染めの渋いピンクで織ったもので……」

「多佳子さんはお祖母さんと折り合いが悪かったんじゃないんですか」

「姉さんはたしかに母さんの仕事を嫌がってたよ。人生に対する考え方もちがったし。でも、ふだんそれを顔に出すことはなかったし、着物もきちんと受け取って、婚家に持っていった。着ているかどうかはわからないけどね」

「そうだったんですか」

　あの多佳子さんにピンクと淡い茶色の取り合わせ。少し意外な気もしたが、以前写真で見た若いころの多佳子さんは色白で頬が少しふっくらしていたから、そういう色が似合ったのかもしれない、と思い直した。

「珠美子姉さんのときはこの赤い着物だったんだよね。姉さんは、羽織ろうともしなかったけど、わたしは姉さんに似合いそうだなあ、と思ってたよ。姉さんのはなやかさと激しさがよく出ていると思ったし。でもいま見ると、強さだけじゃなくて、弱さも感じるよね」

　伊予子さんが目を細める。

「弱さ？」

「うん。すごく強いものって、その強さのために自分も傷つけてしまうでしょう？　この色にはそういうさびしさみたいなものが感じられる」

　強さと弱さ。その両方が溶けこんでいる。それが母自身のことのようにも思えた。

「珠美子姉さんが離婚したときもね、多佳子姉さんは、だから言ったのに、ってすごく怒っていたけど、母さんは自分も離婚してるから、内心同情してたんだよね。そのとき、あの子は強いけど弱いから、って言ってた。珠美子姉さん本人に対しては厳しく接してたけど、自分が悪かった、バチが当たったのかもしれないって泣いてた」

「そうだったんですか？」

幼いころにここに預けられて以来、祖母については厳しいという印象しかない。食事のたびに箸の上げ下ろしを注意された。珠美子がちゃんと教えてないからだね、と言い、にこりともせず礼儀作法を教える。ずっと怖い人だと思っていた。

だが最近、わたしが中学、高校生のときの学費の一部を祖母が払っていたと伊予子さんから聞いた。母の給料だけでは私立の学費を納めるのはむずかしかったらしい。祖母はそのことをわたしに話すな、と言っていたようだが。

「伊予子さんの分はないんですか？」

わたしは訊いた。

「姉さんたちみたいに、織ってもらったものはない。わたしは結婚しなかったから」

伊予子さんが笑った。

「結婚しなかったから？　不公平だと思わなかったんですか」

「不公平？　そんなふうに考えたことはなかったなあ。結婚するってたいへんなことだからね。責任も重いし、生き方も変わる。あの着物はそれを覚悟したことへの賛辞だと思っていたから。

わたしはその責任をずっと負わなかった」

　伊予子さんは申し訳なさそうな顔になった。

「母は結局、この着物を一度も着なかったんです」

　わたしは言った。

「そう」

「仕事に着ていかなかったのはわかるんですけどね。その店で買ったものを着ていった方がいいですし、城倉志満子の娘だということは隠してましたから」

　当時、着物通のあいだで祖母の着物は人気があった。呉服売り場で働いていたから、見れば城倉志満子の着物だと気づく人もいるだろう。値の張るものだし、どこで手に入れたのか詮索されるかもしれない。

「でも、プライベートでも着ませんでした。ときどきながめてはいましたが……」

　母がこの着物を見ながら、まだ早い、とつぶやいていたのを思い出した。

「そういえば、これを着るのはまだ早い、って言ってたこともありました」

「早い？　どういう意味だろう？　赤いから年配になって着るのを躊躇うのはわかる気がするけど」

「自分にはこれを着るだけの中身がないって言ってた気が……」

　思い出して、わたしは言った。

　そうだ、母はそう言っていた。自分は空っぽだから、これを着るだけの中身がないから、と。

「そんなこと、ないのにねえ」

伊予子さんがさびしそうに笑った。

「ひとりで子どもを育てるってたいへんなことだよ。わたしは子どもがいないから、よくわからないけど。それだけでも人に誇れることだと思うけどな」

そうだ、その通りだ。なぜか涙が出そうになる。

母が聞いたら、なにがわかる、って怒るだろうけど。

「槐さん、これ、着てみない？」

伊予子さんが言った。

「え、わたしが？」

意外な言葉に驚き、伊予子さんを見た。

「せっかくの母さんの着物だしね。いまでは貴重なんだよ。一度も着てないっていうのはもったいない。槐さん、珠美子姉さんと体格もそんなに変わらないでしょう？」

「そうですね。身長は母の方が高かったですが」

わたしは母ほどスタイルはよくない。背も低いし、身体つきにめりはりもない。だが、服のサイズは同じだ。

「でも、わたしにはちょっと……」

こんな赤い着物は似合わない気がする。

「似合う気がするけどなあ。まあ、でもそれは槐さんの気が向いたら、で」

気が向くときが来るとは思わなかったけれど、あいまいにうなずく。伊予子さんは着物をたとう紙に包み、桐箱におさめた。

「槐さん、塾のお仕事、明後日からだよね」

「そうです」

「明日はなにかすることある？」

「いえ、とくに……。なにかお手伝いしましょうか」

「ううん。明日はわたしもまだお休み。綸は藍染めをするかもしれないけど。だから手伝ってほしいことがあるわけじゃなくて。槐さんもちょっと織物をしてみるのはどうかな、って」

「織物を……？」

驚いて伊予子さんの顔を見た。

「槐さん、機は扱えるけど、自分の織りたいものを織ったこと、ないでしょう？　鈴音さんのところからのお話もあったし、槐さんも自分で機織りを体験してみるのもいいんじゃないかと思って」

「たしかに……。そうですね」

織りたいもの。そういうものがわたしにはなかった。だから織物をしようと思ったことがない。でも、これから鈴音のお店と共同でワークショップをすることを考えるなら、一度くらい織る体験をしておいた方がいいのかもしれない。

「じゃあ、やってみます」

そう答えた。

5

翌日、朝食を終えたあと、伊予子さんはテーブルの上に木管に巻いた糸をならべ、どの色で織るか訊いてきた。織物をすると約束したものの、色のことまでは考えていなかった。

色とりどりの糸を見ながら、そういえば鈴音も迷ってたなあ、と思い出した。鈴音にかぎらず、はじめて参加した人はたいていそうだ。どの色を使うか決めるまで、かなり時間がかかる。参加者に対しては、気やすく、自分の感覚で決めていいですよ、とアドバイスしてきたが、いざ自分が選ぶとなるとどうしたらいいかわからなくなってしまった。

自分がセンスというものを欠片も持ち合わせていないことはよく知っている。母がいたころは母が買ってきたものをそのまま着ていたし、高校までは制服があったから、なにも考えなくてよかったのだ。

大学にあがって私服で通学するようになったときは途方に暮れた。たいていお店でディスプレイされた組み合わせをそのまま一式買ってすませていた。

「とにかく、センスというものが一切ないんです。この糸を何回、次にこの糸を何回っていう規則があれば楽なんですけど。自由にって言われるのがいちばん辛いですね」

「そしたら自分でルールを決めればいいよ。そうやって数えて縞を作ることもできるし」

「縞……」

　ワークショップの常連さんたちは自由にぼかしを入れたりグラデーションを作ったりしているが、あんなことは自分には到底無理だ。センスもないし、なにかを表現するということ自体、気恥ずかしい。絶対うまくいかない気がする。機械的に数えて作る縞の方が自分には向いていると思った。

「縞にしてみようと思います。だとしても、色は選ばないといけないですよね」

　もう一度糸をながめる。赤、ピンク、オレンジ、黄色、茶色、グレー、青、紫……。縞ということは、はっきりとちがう色同士の組み合わせの方がいいんだろう。似た色同士だと、縞が際立たない。

「最初の一色を決めないと、どうにもならないですね」

　自分の優柔不断さにあきれながらそう言った。

「そしたら、名前にあわせて、槐で染めた糸を使ってみる？」

「槐？」

「そういえば、うちの教室ではあまり染めたことがなかったね。槐も蘇芳と同じマメ科の木だけど、染めるときは蕾を使うんだよ。おもに黄色に染めるのに使うんだけど」

　槐という木があることや、染織にも使うらしいということはぼんやり知っていたけれど、どんな色なのかはよくわかっていなかった。

　黄色……。どうなんだろう、わたしは黄色、好きなんだろうか。

思い浮かべてみると悪くない気がした。赤や青のような強い色は気持ちに馴染まないし、ピンク系や茶色系もちがう気がする。藤色やグレーはいい。黄色も悪くない気がする。

「そしたら、黄色にしてみます。それで、藤色かグレーと縞を作ります」

思い切ってそう言った。

「黄色と藤色かグレー、いいんじゃない？　きれいだと思うよ。二色より三色の方が変化が作れていいかもね。黄色と藤色とグレー、三色使ってみたら？　色によって縞の太さを変えてもいいかも」

たしかに、二色や三色を同じ太さでくりかえしていくのは単調だ。太くする色と細くする色があった方がいい。

「じゃあ、槐の糸はこれ。藤色やグレーはこのあたりにあるけど……」

伊予子さんが指差す。思いのほかあざやかな黄色の糸だった。こんなにはっきりした色なのか。色のまぶしさに目が覚める思いだった。

藤色はそんなに種類がないのですぐに決まったが、グレーは色みもいろいろで、濃いものから白に近いくらい薄いものまである。薄いものだと黄色のなかで引き立たない気がしたので、濃いめのグレーを選んだ。

三色の糸を持って機に行き、椅子に腰かけて、糸を杼にとりつける。

足を左右交互に踏んで、杼を使って緯糸を通して、筬で打ちこむ。境目を織るときと同じことだ。だが今日は自分で選んだ色がはいっている。なんだか妙に緊張した。

最初はそれぞれの縞をどれくらいの太さにするか決めるため、試し織りをした。

黄色は太く、グレーは細めに、藤色は一、二本程度の細い線に。一本だと頼りないので、二本にしてみる。黄色、藤色、グレー、藤色、黄色、のくりかえしで織ってみた。だが、なんとなくぴりっとしない。藤色とグレーが意外と近く見えて、変化が出なかった。

それでもう一度糸を見に行き、何色か機のところに持ってきた。木管から糸を少し引き出し、織った部分に当ててみる。藤色のところに、ほかのグレーや茶系の糸を当ててみたが、どれもピンと来ない。赤や青のようなくっきりした色を入れた方が映えるのだとわかった。

あまりはっきりした色を入れるのは怖いと思っていたが、そうでもないみたいだ。だが、赤、青、どちらにするか決められない。両方杼に取り付けて、織ってみた。筬で打ちこむと、これまでとはちがう強い色の筋が一本すうっと通るのがわかった。

「あ、蘇芳だね」

伊予子さんが機のところにやってきて、そう言った。

わたしが選んだ赤は蘇芳だった。たぶん蘇芳だと思っていたが、やっぱり、と思う。

「赤か青か、迷ってるんです」

「たしかにこういう強い色を入れると締まる。赤か青かは槐さんの好みだね」

伊予子さんが笑った。

結局、赤と青を両方試して、赤を選んだ。数えながら縞を織っていく。単調で飽きるかと思ったが、全然そんなことはなかった。数えることがリズムになって、どんどん織り進めることができた。

伊予子さんはダイニングテーブルでなにか書き物をしている。

心のおもむくままに織れば、心の色になる。いつもワークショップで伊予子さんの話を聞くときは、自分の心に色なんてあるのか、と思ったが、こういうことなのかもしれない、と思った。

「へぇ。ずいぶん長く織ったね」

伊予子さんの声がした。気がつくと思いのほか時間が経っていて、織った部分も長くなっていた。

「蘇芳もいいね。真っ赤な着物のときとはちがって、みんなをつなぐ役割をしてる。目立つけど、馴染んでるよ」

「そうでしょうか」

織った部分をじっと見る。濃い赤を使ったが、濃いから強いというわけでもない、と思った。色に強い、弱いがあるわけじゃない。みんながあるがままにそこにある。

「はじめて織った布には、その人のいろんなものがはいっているんだよね。そのときはわからなくても、あとで見返すとわかることもあるから」

これがわたしのいまの心かと言われたら、よくわからない。でも嫌いではないと思った。

6

正月休みが終わると入試シーズンにはいり、塾の仕事も忙しくなってきた。

綸の藍染めの様子を見る機会も少なくなっていたが、伊予子さんによると、経糸用の糸はもう整経屋さんに出したらしい。綸が選んだのはすべて綸自身が染めた糸だった。

初心者が染めたものなので、ムラのあるものも交じっている。綸はそれでいいと言ったのだそうだ。いまの自分が染めたものを使いたい、と。整経には一ヶ月ほど時間がかかる。綸はそのあいだに緯糸を染めるつもりらしかった。

久しぶりの休みの日、疲れがたまっていたのか、起きるともう九時を過ぎていた。下から伊予子さんが機織りする音が聞こえてくる。寝坊してしまった、とあわてて下におりると、伊予子さんの姿はなく、綸が機の前に座っていた。

「伊予子さんは？」

「出かけてます。染めに使う桜の枝を分けてもらうらしくて」

そういえばそんな話をしていたのを思い出した。

「じゃあ、いま機織りしてたのは綸？」

「そうです」

「わからなかった。音が伊予子さんとそっくりだから、てっきり伊予子さんかと思った」

リズミカルで、途切れることもなかった。自分の織物ではなく、ワークショップの人たちの織物の境目を織っているらしい。

「この作業は機械的にできますからね。なにも考えずに機を動かすのは、意外と心地よいです」

綸が笑った。

「ワークショップの人たちの作品はどう？」

「きれいですよね。どれもその人なりの良さがある。これは春の野原みたいだ」

綸は目の前の機にかかった布を見た。淡い緑と、黄色と、ピンク。それが不規則な縞模様になっていて、たしかに春の野原のようだった。

「織物の世界で心が遊んでいるのがわかる。それがすごくいいなあ、って思います」

遊び。参加者は、みんな機織りが楽しくてたまらないと言っていた。みなここに来て心に浮かぶままに緯糸を通す。織るのは歌ったり踊ったりするのと同じで、心を解放すること。いつだったか伊予子さんがそう言っていたのを思い出した。

「あれからあの男も現れないようですし、よかったですよね」

綸は立ちあがって台所に行き、グラスに水を入れた。

「そうだね。身元引き受け人がちゃんとした人だったっていうことかな」

ぼんやりそう答え、食卓の椅子に座った。

綸にはまだあの男の素性のことを話していなかった。鈴音と事故現場を見に行ったことはもちろん言えないが、海神のことも伝えるべきか迷っていた。自分の知らないところでわたしがいろいろ調べていると知ったら不愉快に思うだろう。

綸は男の正体に関心を持っているようでもなかったし、海神がこのままわたしたちの前に現れないなら、わざわざ伝えることもないか、という気もした。

グラスを持った綸がやってきて、わたしの向かいに座る。正面から綸の顔を見たとき、事故現場で鈴音と話したことを思い出した。現場は大学に行く道の途中ではなく、まわりにはなにもない。雨なのになぜこんなところを歩いていたのか、と鈴音は不思議がっていた。

「あの事件のときのことなんだけど、綸は事故にあったとき、なぜその場所にいたの？」

なにげなくそう訊いた。綸のことだから、ぼんやり散歩していた、というような答えが返ってくると思っていた。だがなぜか、綸は手に持っていたグラスを卓上に置き、一瞬黙った。

「なぜ、って……。ただ大学から帰る途中に通りかかっただけですが」

そう答えると、ふたたびグラスを持ちあげて水を飲んだ。

「なんでそんなことを？」

「あ、ううん、飛び降りに巻きこまれるってすごくめずらしいことだから……」

あわててごまかした。

おかしい。あの場所は駅に行く道とは方向がちがう。だが、どう訊けばいいかわからない。

「ああ、そういうことですか」

綸がそう答えたとき、玄関の方から音がした。

「伊予子さんが帰ってきたみたいです」

綸が立ちあがる。わたしの質問に疑問は持っていないみたいだ。綸は玄関に向かい、わたしもあとについていった。玄関には、枝がはいった大きな紙袋をふたつ手にさげた伊予子さんが立っていた。

「ああ、車のなかにあとふたつあるの。持ってきてくれる？」

伊予子さんが言った。

「わかりました」

綸は車庫に行くため玄関を出た。わたしは伊予子さんが持っていた袋を受け取り、居間に運んだ。

「かなりたくさんありますね」

「わたしが使う分のほかに、週末のワークショップで使う分も作らないといけないから。今日これから煮出すつもり。日が経つと色素が変化しちゃうかもしれないし」

「今日はお休みですからわたしも手伝います」

「いいよいいよ、せっかくのお休みなのに」

伊予子さんは手を振った。

「だらだらしてるより、別のことをしている方が気分転換になるんです。今年の桜がどんな色に染まるのかも気になりますし」

「今日はまだ染められないけどね」

伊予子さんが笑う。

「ええ、わかってます」

わたしも笑って答えた。煮出してから一晩置かないといい色が出ないから、今日は煮出すだけ。去年も一昨年もしたことだから、それはよくわかっていた。

桜染めは花ではなくおもに枝を使う。春になる前の小枝を煮出して染めると、桜の花のような淡いピンク色になる。

花が咲く前の木のなかには花の色が詰まっている。だが、花が咲くときにその色はすべて使われてしまう。花が終わったあとの枝で染めると、ピンクにはならず、オレンジやベージュのような色合いになるらしい。

年によっても色の具合が異なり、去年きれいなピンクに染まった同じ木の枝を使っても、ちがう色になってしまうこともある。草木染めとはそういうものだ。

「僕も手伝います。藍染めも今日の分は終わりましたし、境目を織る仕事もすみましたから」

「そう。じゃあ、まず庭で枝をきれいにしようか」

三人で枝のはいった袋を庭に運んだ。シートの上に枝を広げ、交ざっていた枯れ葉やゴミを取り除く。小分けにして寸胴鍋《ずんどうなべ》に入れ、台所に持ち帰った。

鍋に水を入れ、コンロにかける。しばらくすると桜の木の甘い匂いが漂ってきた。

桜を煮出しながら、久しぶりに三人そろって昼食をとった。晴れておだやかな日で、桜を煮ているせいか、暖房をつけなくてもじゅうぶんあたたかかった。

ふと、こういう日がずっと続けばいいのに、と思った。染めたり織ったりしながら、伊予子さんと綸と三人で暮らす。

綸の横顔を見ながら、さっきの違和感を思い出した。どうしてあの場所にいたのか訊いたとき、綸は一瞬黙ってから、大学から帰る途中だったと言った。でも、それはあり得ないのだ。

どういうことなんだろう。

綸は嘘をついている？　嘘じゃないまでも、なにか隠している？

すうっと心が冷える。どういうことなのか知りたい。でも、それを訊いたらこのおだやかな暮らしが壊れてしまうかもしれない。

「だいぶ赤くなってきたよ」

伊予子さんの声がした。コンロにかかった寸胴鍋の蓋を開け、なかをのぞいている。

「ほんとですね」

わたしもそばに行って横から見ると、たしかにだいぶ赤くなっていた。

「木の枝のどこにこんな色が眠っているんだろうね」

伊予子さんはひとりごとのように言う。

いつのまにか綸もやってきて、鍋のなかをのぞいていた。

もうずっと海神も現れない。綸がなにを隠しているのかわからないが、なにも起こらないならわざわざ掘り返す必要はないと思った。

五章　紫根

1

二月の一週目、中学入試の結果がひととおり出て、合格発表の短冊がロビーにずらりとならんだ。全員が希望通りになったわけではないが塾としては一段落がつき、その日は塾のスタッフの慰労会があった。

出るかどうか迷ったが、わたしは古株の久田さんという職員になぜか妙に気に入られていて、しきりと誘われるのであきらめて出ることにした。久田さんはわたしの少し昭和っぽい雰囲気がよいのだと言い、ほかの同僚からあきれられていた。

会が終わり、店を出る。

わたし以外のスタッフはみな電車で通っている。駅前で別れたあと、ひとりで商店街を歩いた。

ポケットのなかのスマホがふるえ、立ち止まって画面を見る。まだ駅の近くにいたら、明日の朝のために牛乳を買ってきてほしい、という伊予子さんからのメッセージだった。道の端に寄り、いま商店街なのでスーパーで買って帰ります、と返信する。

スマホをしまって歩き出そうとして、凍りついた。

海神……。

少し離れた場所にあの男が立っていた。あのときと同じ黒いジャンパーを着て、フードをかぶっている。そしてじっとこっちを見ていた。

なんで？　なんでいまになって……。

じんわりと冷や汗が出る。どうしたらいいかわからず、とりあえず早足で商店街を歩いた。海神があとをつけてきているのがわかる。商店街にはまだ人がたくさんいて、ふらふら歩く酔っ払いと何度もぶつかりそうになった。

なんなんだろう。ずっと現れなかったのに。それとも、いままでもずっとつけられていたのに、気づかなかっただけ？

男の狙いは綸だから、綸を呼ぶわけにはいかない。どうしよう。警察を呼ぶか。でもこの前つかまったけど、結局どうにもならなかったじゃないか。

駅から遠ざかるにつれ、開いている店は少なくなり、人も減ってきた。駅の方に戻るべきだったか。でも、それでどうする？　いつかは帰るしかないわけで……。それに、今日なんとかなったところで、男はまた来るだろう。いつまで続くんだ？　男があきらめるか、死ぬか、つかまるか。だが、いまのままだと結局すぐに野放しになる。

考えているうちにだんだんいらいらしてきた。なんでわたしがこんなことで悩まなければならないんだ。もうまっぴらだ。いきなり目盛がふりきれて、うしろをふりかえった。

「あなた、海神って言うんでしょう？　美術関係のレビュー動画を配信してたんだよね？　動画も見たよ。武井未都が最後になにを言ったのか知りたいみたいだけど、どうして？　武井未都の死に疑問があるの？」

　一気にまくしたてると、海神の動きが止まった。

「それとも、もしかしてこの前騒動を起こしたわたしのことを恨んでる？」

　ふん、と鼻で笑った。海神はなにも言わず、ただ黙ってわたしの方を見ている。

「騒ぎになって警察来ちゃったもんね。それで仕返ししたいとか？」

　少なくなってはいたが、まだ人通りはある。さすがにここでなにかしたりはしないだろうと思って、気が大きくなった。

「ちがう」

　海神の声がふるえている。手を胸ポケットに入れるのが見えた。

　つるっとした銀色のものが現れ、その瞬間、刃物だとわかった。

　やばい、やりすぎた。死ぬかも。

　そう思うより早く、身体がうしろに飛び退いていた。海神がこっちに近寄ってきて、ナイフをふりあげる。道を走り、右手にある「小江戸蔵里」という観光施設の広場に逃げこむ。背後で海神の腕が動くのが見え、一瞬後、腕に衝撃があった。

　足元に血が滴る。コンクリートのタイルに赤い血溜まりができて、ぬらっと光る。

腕に痛みが走った。刺されたんだ、と気づき、頭が真っ白になる。コートを着ていたのに、袖から血が流れ落ちている。

「なにやってんだ」

遠くから声がした。通りの方から、知らない男がこっちを見ていた。海神がナイフをかまえ、男の方を見る。男はひるんで立ち止まった。

「だれか来てくれ」

男が叫んだ。海神が男の方を見る。目に怯えの色がある。こういうことに慣れているわけじゃないんだ、と妙に落ち着いた気持ちでそれを見ていた。

これで警察が来れば……。今度はわたしも刺されているのだ。海神もただではすまないだろう。逃げられたりしないかぎりは。

「男がナイフをふりまわしてる。だれか警察を呼んでくれ」

道にいた男が叫ぶ。近くにふたり連れがいたが、酔っ払っているのか動きが鈍く、なにかごちゃごちゃ言い合ったあと、ようやくひとりがポケットからスマホを取り出した。

「すぐに来てください。刃物を持った男が暴れてて」

遠くから男の声がした。スマホに向かって怒鳴っている。警察に電話しているのだろう。三人ともこっちを見ていない。海神はただ立ち尽くしている。ナイフを持つ手がふるえているのがわかる。

綸がなぜあの場所にいたか。もし海神もあの場所にいたなら、なにか知っているかもしれない。急にそんな考えが頭をもたげた。海神が警察につかまってしまったら、引き離されてしまう。そうしたら、またなにもわからないままになってしまう。

「逃げよう」

わたしは咄嗟《とつさ》にそう言って、海神の腕をとった。海神が、え、という目でこっちを見た。

「早く」

腕を引っ張り、道とは反対の方向に走り出した。小江戸蔵里の奥にある酒店の前を抜ければ、別の道に出られる。男が電話に向かって怒鳴っているあいだに裏側の道に出た。そこからふたりで全力で走った。


気がつくと、児童公園の前にいた。だれかが追ってくる気配はない。公園にはいり、ベンチに腰をおろす。海神は手をふりはらい、少し離れた地面に座りこんだ。走っているあいだはあまり感じなかったが、切られたところがじんじんと痛み出す。

「なぜだ」

海神がつぶやくように言った。

「なぜ俺を連れて逃げた」

少し大きな声で言って、わたしをじっと見る。

「わかんない」

わたしは笑った。もちろん、虚勢である。

「ほんと、なぜでしょうね」

理由はわかっている。綸がなにを隠しているか知りたかった。それに、海神が言っていた「未都の最後の言葉」というのも気になった。それにこだわって綸をつけまわしていたのだ。そういうものが存在したという根拠を持っているのかもしれない。

「こっちにはこっちの都合みたいなものがあるってことです。知りたいことがあるんです。あなたが警察につかまっちゃうと、それがわからなくなってしまうから」

わたしがそう答えると、海神はうつむいて黙った。

「あなた、綸が武井未都の最後の言葉を聞いたと思ってるんでしょ？　どうして？　未都はベランダから落ちて死んだ。綸はそのとき地上にいた。八階から落ちたあとにしゃべるなんてことはあり得ないと思うんだけど」

「ちがう」

海神はうつむいたまま首を横に振った。

「ちがう？　なにがですか？」

「知ってるんだ。未都があいつと話していたこと。だから……」

「あいつって綸のことですか？」

海神は答えない。

「綸はぶつかってすぐに意識を失ったって言ってました。八階から落ちてきた人とぶつかったんだし、当然ですよね。未都の方も落ちたあとに意識があったとは思えませんけど」

「ちがう。俺が言っているのは未都が落ちる前のこと。未都は落ちる前に、下にいるあいつに向かってなにか言った」

「じゃあ、綸は未都が落ちてくることがわかったっていうことですか？」

この前鈴音と話したときにそんな話が出たのを思い出した。わたしはあり得ないと思った。人が落ちてくるとわかれば逃げるはず。だからもし、海神がそう思っているとしても、それは海神の勘違いだと。

「それはあなたの勘違いなんじゃないですか。だって上から人が落ちてくるとわかれば、だれだって逃げるでしょう？　知り合いでもないんだし」

「ちがう。これを見ればわかる」

なにがちがうのかわからないが、海神はそう言って、胸ポケットからスマホを取り出した。画面をスクロールさせ、こちらに見せた。写真だ。あのマンションが写っていた。

「ここに人が立ってるの、わかるかな。坂道の向こうから撮ったから、小さいんだけど」

海神がマンションの上の方をピンチアウトする。夜のように暗いので、画像は粗い。でも部屋のなかからの光で、ベランダの手すりに寄りかかった人の姿が見えた。

「これは未都？」

わたしがつぶやくと、海神は無言でうなずいた。未都は横向きだが、前に鈴音のところで見た未都の写真の髪形と同じだった。

「家を知ってたんですね」

「ストーカーだって言いたいんだろう？　そう言われても仕方がない。でも、俺は危害を加えるようなことはなにもしてないよ。ただ気になって、家をときどき見に行っていただけ」

海神は目を伏せた。

「わかってる。それ自体がストーカーってことだよね」

「そうですね」

わたしがうなずくと、海神は深くため息をついた。

「でも、いま見せたいのは未都じゃなくて」

海神がいったんピンチインしてマンションの全体を見せたあと、マンションの下の方を指す。

「ここに人が写ってるの、わかるかな」

地上に立って未都の方を見あげている男の姿が写っていた。

わたしがうなずくと、海神はその部分を拡大した。

「綸……？」

ボケているのでそこまではっきりはわからない。だが、この上着は綸がいつも着ているものとよく似ている。横顔も髪形も似ているように見えた。

「これはあの事故の日じゃない。三月のことだ」

海神はそう言って、スマホの記録を見せる。

「え、三月？」

記録は三月十日となっている。事故があった日より一ヶ月以上前のことだ。つまり、もしここに写っているのがほんとうに綸だとしたら、綸は事故より前に未都と会っていた。あの路地が綸の通学路ではないと知ったときのひんやりした気持ちがよみがえる。

綸は大学から帰る途中、偶然下敷きになった、未都のことを知ったのも意識が戻ってからだった、と言った。でもこの写真の男が綸なら、それは全部嘘だったことになる。

「この写真を撮ったあと、しばらくして未都が出てきた。そうして、男に傘を渡した」

「傘？」

「そう。この日は小雨《こさめ》が降ってたんだ。男は傘を持ってなくて。それで未都が傘を持ってきて、渡した。それからしばらくそこで話して、ふたりで歩きはじめた」

「歩きはじめた？　外をってことですか？　部屋に行ったんじゃなくて？」

「そう、外。どこに行くんだろうと思ったけど、途中で見失ってしまった。それでマンションの前で待ってたら、一時間くらいして未都がひとりで戻ってきたんだ」

なんだか頭がぐらぐらしてくる。これまで信じていたものが揺らいで、形が変わっていく。

「でも、この男、ほんとうに綸なの？　たしかに似てるけど、この写真だけじゃ……」

「まちがいないよ。俺は事故のあと何度も彼を見ている。ちゃんと確認したよ」

そうだった。東京の家にいたころから、海神は綸をつけまわしていたんだ。

「事故のあった日も雨が降っていた。あの男は別の傘をさしていたけど、手には未都から借りた傘を持ってた。未都はベランダにいて、あの男は下から未都を見あげた。男の姿を認めると、未都はなぜかベランダの手すりの上に飛び乗って座った」

「手すりの上に？」

聞きちがいかと思ってそう訊いた。

「あのマンションは古い造りで、ベランダの柵はコンクリートなんだ。鉢植えを置いてる人もいるくらいだから、人が座れる程度の厚みがあるんだと思う。驚いて駆け寄ろうとしたけど、すくんでしまって」

海神が目をぎゅっと閉じる。

「未都が男になにか言ってるのが見えた。でも、よく聞こえなかった。未都の身体が前に傾いて、危ない、と思った瞬間、落ちた。俺はまったく動けなかった。未都が落ちる瞬間、あいつが下に駆け寄ったように見えた」

「駆け寄った？」

「一瞬のことだったから、よくわからない。とにかく落ちてきた未都とぶつかって、男も倒れた。俺はただ立ち尽くして、そのときどっかから、人が落ちた、っていう叫び声が聞こえて。気がつくと通りの方に人垣ができていて、救急車って叫んでる人もいれば、未都の方にスマホを向けて写真を撮ろうとしてるやつもいた。俺はなにもできずにしゃがみこんで……」

海神はうつむき、拳で地面を叩いた。

「綸と未都が話すのを見たのは、写真の日と事件の日だけですか？」

「俺が知ってるのはその二回だけ。でも、あいつは何度もここに来て、いつもひとりで写真と同じ場所に立ってた。未都は出てこなかったけど。ただ、俺が行ってない日のことはわからない。毎晩行けるわけじゃなかったから。週に何回かは夜に仕事があったし」

「仕事？」

「予備校で講師をしてたんだ。美大受験予備校だよ。もうやめたけど」

予備校の講師。予想通りだ。

「俺は落伍者だから。美大に行ってたんだけどね。在学中に美術作家として生きていくだけの実力はないって気づいて、ウェブメディアにレビューを書いたり、動画配信をするようになったんだ。卒業後は美大受験予備校で教えながら配信を続けてた」

海神は足元の小石を拾い、ぽんと投げた。

「最初は楽しかったけどね。配信してると視聴者から反応があるし、広告収入もはいる。自分はこういうことの方が向いてるのかもしれないと思ったりもした。でも、結局そのときだけのことなんだ。なにも積みあがっていくものがない」

動画で見た海神の姿を思い出した。饒舌で、話すことに夢中になっているように見えたが、なんとなくわかる。彼にとってはあれだけが生き生きと意味のある時間で、ほかはただ目的もなく、惰性で過ごしていたのだろう。

「そんなとき、未都の絵を見つけた。彼女が所属してるギャラリーでね。ネットで話題になってたけど、たいして期待せずにはいったんだ。でも、見たとたん、本物だと思った。それで、未都に関する長い論考を書いて、美術雑誌に送った。それが掲載された」

海神は少し笑った。

「その縁で、武井未都本人と会うこともできた。きれいな人なんだよね。ああ、こういう人があの絵を描くのか、って。喜びと絶望が混ざった変な気持ちだった」

「喜びと絶望？」

「そう。あきらかにふつうの人とちがうんだ。容姿じゃないよ、オーラっていうのかな。自分とは全然ちがうんだな、って、むしろ清々しいような気持ちでさ」

「gallery fujimoriに行ったってことは、藤森さんにも会ったんですか？」

　わたしは訊いた。

「へえ。藤森のことも知ってるのか」

　海神がにやっと笑う。

「会ったよ。論考は読んだって言ってたし、形式的にお礼は言われたけど、最初から煙たがられていた気がする。藤森は武井未都を発掘して育てたのは自分、未都はギャラリーの専属アーティストで、絵を扱う権利も全部自分のものだと思っていて」

「ええ。聞きました」

「未都を発見したのが藤森なのはまちがいないことなんだけどね。未都は長野県の岡谷《おかや》市の出身なんだ。幼いころから絵が好きで、東京の美術系の短大に進学した。藤森は未都の伯父で、早くから未都の才能に注目してたみたいで。自分の知り合いの美術評論家に頼んで未都の絵にそれらしい文脈をつけて、売り出した」

　岡谷という地名を聞いて、諏訪湖の近くだと思い出した。祖母の故郷の伊那と近いエリアだ。

「しばらくすると、未都の絵は出せばすぐに売れるようになった。そしたら藤森は自分の権利を主張するようになった。未都を自分のギャラリーに縛って、ほかと取引できないようにしたんだよ。未都は絵を売ることに対しては無関心で、藤森の言いなりになってて。俺が藤森に煙たがられるようになったのも、俺が配信でそのことをしゃべったからだよ。だれかから聞いたんだろうね。向こうもあちこちで俺の悪口を言うようになって」

「泥仕合ですね」

「そうだね」

海神は含み笑いをする。

「未都はもともと精神的に不安定なところがあって、藤森に依存してたんだ。だから俺は余計に、未都を藤森から解放しないと、って躍起になって、いつのまにかおかしくなってた。未都が心配で、家を見張りに行ったり」

「でも、未都は死んでしまった」

「そういうこと。どうしても納得できなくてね。理由を知りたかった。それがわかれば未都の死を少しは受け入れられるんじゃないかと思って」

海神の未都に対する気持ちは彼の一方的な思いこみにすぎないのだろう。でも、この人もこの人なりに、なにかすがるものがほしかったんだろう、と思った。

「未都にはＳＮＳのアカウントがあったんだ。知ってる？」

海神が訊いてくる。

「いえ、知りません」

初耳だった。鈴音もＳＮＳの話はしていなかった。

「武井未都の名前じゃなかったからね。カタカナで『マボロシノマチ』っていう名前で。文章だけで、絵もない。だからフォロワーもほとんどいなくて」

「個展のタイトルといっしょですね」

「そう。俺が見つけたのも、タイトルからだった。最初は偶然かと思ったけどね。読んでたらこれは未都本人なんじゃないか、っていう気がしてきて。未都が死んだあと、更新されなくなったけど、アカウントはそのまま残ってて、何度もそれを読み返した。読んだら死の理由がわかるかもって思ったんだ。結局なにもわからなかったけど」

カタカナで「マボロシノマチ」。未都の死後更新が止まったなら、本人のものである可能性は高い。あとで見てみようと思った。

「なにかしないと気が済まなかった。死の理由がわかったって未都が生き返るわけじゃないし、そもそもあのときの短い言葉で死の理由がわかるはずもないんだけど」

「そうですね。それに、死ぬ理由って、ほんとうのところは死んだ本人にもわからないかもしれないですし」

「その通りだね」

海神はそのまま黙った。わたしもなにも言えずにいた。切られた腕がずきんずきんと痛む。コートの上から押さえていると、海神が立ちあがり、近づいてきた。

「なんですか」

「血が出ているんだろう。止血しよう」

「え？」

「子どものころボーイスカウトにはいってたんだ。父親に言われてね。そこで習った。ほんとは傷口をガーゼで押さえた方がいいんだけど、とりあえず傷の上で縛ろう。少しはマシなはずだから。なんか縛るものはあるかな」

「これなら」

　わたしは首に巻いていたストールをほどき、差し出した。ウールのマフラーは肩が凝るので、冬でもコットンの軽いストールを使っていた。

「ちょうどいいね。腕を出して。傷はどこ？」

　刺された左の腕をあげ、二の腕の下の方を指す。海神は位置を確認すると、腕の付け根に近いところにストールをぐるぐる巻きつけ、ぎゅっと縛った。

「すまない」

　手当てが終わると、海神は立ったままそう言って、頭をさげた。

「なんですか、急に」

「傷つけてしまったこと。それに、彼をつけまわしたことも。ほんとうに申し訳なかったと思っている。警察に届けるなりなんなりしてくれ」

「いいですよ。別に訴えたりはしません。おかげで血も止まってきましたし」

わたしは無理に笑顔を作った。

「まあ、コートとストールがダメになりましたけどね」

「弁償する」

「いえ、結構です。どちらも安物で、もう古いですから」

「でも」

「ほんとにいいんです。あなたからは一切お金を受け取りたくない。そんなことでチャラにされたらたまりませんから。綸につきまとうのさえやめてくれれば、それでいいんです」

「もうつきまとわないよ。約束する」

海神が深く頭をさげた。

「わかりました」

ゆっくりそう答えると、海神は安心したように深く息をついた。

「この前つかまったとき、警察から親のところに連絡が行ったんだ。実家から両親が出てきて、家に戻ってこい、と言った。父は元教師でね。校長までいった人なんだ。でも癌《がん》で、半年ほど前にもう余命わずかと言われていて。その痩せ細った父が母といっしょに来て、警察に頭をさげたんだよ。どうしたらいいかわからなくて……」

海神が正月以降姿を現さなかったのはそのせいだったのか、と思った。

「母は嘆き続け、父の病状も悪化した。結局年明けに父は死んだ。父が死んだのは病気のせいだし、事件のことだって全部自分のせいなのに、君たちのせいだと思った。だから、これで最後にしようと思ったんだ。刃物をふりまわせばつかまって、刑務所にはいれる。ほんとに刺すつもりはなかったんだ」

海神は泣いていた。

「末都も父も死んで、どうやって生きていけばいいのかわからないんだ。もうなにもすがるものがない。あと何十年も人生が続くなんて、考えると地獄だな」

涙を流しながら、声を出して笑った。

「俺は俗物だから死ぬのが怖い。やるべきことなんてなにもないくせに、死ぬのが怖いからずるずる生き続けてる」

その言葉にずきんとした。

同じだと思った。死ぬのが怖いから生き続けてる。わたしと同じだ。海神は地べたに座りこみ、両膝のあいだに顔をうずめてすすり泣いている。

「海神さん」

わたしが声をかけると、ゆっくりと顔をあげた。

「別にあなただけじゃないですよ。死ぬのが怖いから生きてる。わたしだってそうです。みんな多かれ少なかれ、そういうもんなんじゃないですか」

海神が目を見開く。

「生きてたっていいじゃないですか。闇のなかでのたうちまわるだけかもしれないけど」

なんの慰めにもなっていないな、と思いながら、右手を差し出した。

海神はしばらくじっとわたしの手を見ていたが、やがてぐずぐずと泣き出し、自分の右手を差し出した。わたしの手のひらに重ねる。わたしが手を握ると、ぎゅっと握り返し、ほんとうにすまなかった、と声をあげて泣いた。

2

海神と別れ、公園を出た。脂汗が流れ、ふらふらする。なんとか家にたどり着くと、伊予子さんが玄関に出てきた。

「槐さん、それどうしたの？」

わたしの腕を見て声をあげた。家のなかの光に照らされると、コートの左袖が血まみれになっているのがわかった。

「これは……」

隠すわけにもいかず、男に刺されたことを正直に話した。

「えっ、刺された？」

伊予子さんは息をのんだが、一瞬後には、とにかく、コート脱いで、と言った。

「傷がどうなってるか見ないと」

うしろにまわって、わたしのコートに手をかけようとする。

「いいえ、ストールで縛って止血したので、まずそれを解かないと。伊予子さんはその前に手袋をした方がいいと思います。あとゴミ袋も。コートとストールは捨てましょう」

「手袋とゴミ袋……。わかった、そうだね。手袋もまだ使い捨てのやつがあるから……。ちょっと待ってて」

伊予子さんはばたばたと台所の方に走った。コロナ禍でアルコール消毒液やら使い捨ての手袋やらを大量に買ったのだ。手袋をした伊予子さんが戻ってきて、腕のストールを解く。

「ありがとうございます。あとは自分で脱ぎます」

わたしは後ずさり、玄関でコートを脱ぐと、伊予子さんが持ってきたゴミ袋に入れた。下に着ていたカーディガンも血まみれだ。これも捨てるしかないな。

コートが古いのはほんとうだが、カーディガンの方はまだあたらしく、気に入っていたものだった。鈴音にも似合うって褒められたんだ。海神にカーディガンの分だけ弁償してもらえばよかったな、と苦笑いした。

「血は止まってるみたいだけど、これは早く病院に行かないと」

伊予子さんが言った。

海神の顔が頭をよぎる。

「でも……。刺されたなんて言ったら、警察沙汰になりませんか」

「そりゃ、なるかもしれないけど……。でも、槐さんは被害者でしょう? ちゃんと警察に言わないと」

「まあ、刺されたのは事実なんですが、止血してくれたのもその人で……」

「どういうこと？」

伊予子さんはわけがわからないという顔になる。

「それはちょっと話すと長くて……」

伊予子さんを心配させたくなくて、これまで海神のことは一切話していなかった。全部を話すわけにもいかないし、言葉に迷った。

「そしたら、家で怪我したことにするのでもいいから。とにかく病院に行こう。テーブルの上に出しっぱなしにしていた包丁が落ちてきたとか、なんでもいいじゃない」

「ああ、そうですね、それなら……」

病院は警察じゃない。ちょっと変な話だと思っても、問い詰められることはないだろう。

伊予子さんが電話をかけ、受け入れてくれる救急病院を探した。傷口に包帯を巻き、タクシーで病院に向かった。

テーブルの上に包丁が出しっぱなしになっていて、テーブルの下に落ちたものを拾うために身体をかがめていたとき、上から落ちてきた包丁が腕に刺さった、という伊予子さんの話を信じたのかどうかわからないが、当直の医師は傷を縫ってくれた。

血は止まっているし大丈夫だとは思うが、念のため、明日病院が開いている昼間の時間にもう一度来てください、と言われた。

家に帰ってから、綸と未都の件だけ伏せて、綸がずっとつきまとわれていたことを話した。刃傷沙汰になったあと男といっしょに逃げ、ふたりで公園で話したことを伝えると、伊予子さんはあきれたように、そんな危険なことをしちゃダメでしょう、と言った。

「なんでですか？」

「相手がどんな人かわからないんだし。槐さんは女でしょう？　力では勝てないんだから」

「じゃあ、どうするんですか？　逃げるってことですか。その日無事でもどうせまたやってくる。相手の気持ちだってエスカレートしていくかもしれない。ずっとびくびくして暮らせってことですか」

　わたしがまくしたてると、伊予子さんはぐっと黙った。

「力が弱いものは逃げた方がいい、って、そんなことだから舐められるんですよ。とにかくあのとき、逃げるのは嫌でした。男が警察につかまったら、綸がつけられていた理由もなにもかもまたうやむやになってしまう。だから自分の力でなんとかしないといけなかったんです。おかげでその件は解決したんです。男ももう絶対につきまとわないと約束しましたし」

「でもねえ」

　伊予子さんは大きくため息をついた。

「今回は腕くらいですんだけど、いつでもそうとはかぎらないんだよ。もし槐さんが大怪我を負ったり、死んだりしたら……」

　伊予子さんの目から涙がぽろぽろとこぼれはじめた。

「どうしたんですか、伊予子さん」

　あわてて訊いた。

「槐さんは家族なんだから、そんなことで死なれては困るんです」

一瞬なにを言われたのかわからず、ただぼうっと伊予子さんを見た。

家族……？　たしかに血がつながっているし、いっしょに住んでいる。家族と言えないことはないのかもしれない。だが、そんなふうに思ったことはなかった。

「もう寝ましょう。休んだ方がいい」

わたしがぽかんとしていると、伊予子さんは立ちあがり、そう言った。

「そうですね」

わたしも立ちあがり、階段をのぼった。伊予子さんは部屋までいっしょに来て、着替えを手伝い、布団を敷いてくれた。

綸には自分で話したかった。だから今回のことはわたしから説明するから、と言って、伊予子さんからは言わずにおいてもらうことにした。

「とにかくね、もうあんまり危ないことをしないでね」

伊予子さんが言った。さっき泣いてしまったのを見ているので、強く反発もできない。

「しちゃダメ、とは言えないよね。でも、勝手かもしれないけど、わたしがしないでほしいんだ」

しずかだが強い口調で、なぜか潮が満ちるように胸がいっぱいになったけれど、それがなんの感情なのか、言葉にすることはできなかった。

ひとりになって横になると、傷口がじんじんと痛んだ。痛み止めを飲んでいるせいでマシになっているが、それでも痛いものは痛い。

「自分が馬鹿だっていうのは、わかってるんだよなあ」

いざというとき戦えない人間をわたしは好きになれない。だれかが助けてくれるなんていう考え方は甘えだ。母は自分が不当に扱われたと思うと、きっちり怒りをあらわした。それで損をしたり痛い目にあったこともあるのに、そういう癖を直そうとしなかった。

一度それでもいいやと思ったら、人はどんどん惨めになる。だから戦わなくちゃいけない。惨めなまま生き続けるよりは、ひとおもいに死んじゃった方が楽だもんね。お酒を飲んで帰ってきた日には、母はよく笑ってそう言った。

なんで落ちたんだろう、母は。

単に足を滑らせただけ。夜になって、足りないものに気づいて食材を買いにコンビニに向かった。みぞれが降っていたのに。それで買い物の帰りに足を滑らせた。レジ袋にはその晩と次の日の分の食材がはいっていた。死んだのは自分の意志じゃない。

でも。自分の意志で落ちたのだとしても、過って落ちたのだとしても、生と死の境界はわたしたちのすぐ近くにある。生きているかぎり、わたしたちはみんなその境界の上を素足で歩いている。

さっきだって、少しずれていたら、海神のナイフが腕でなく心臓に刺さっていたかもしれない。そうしたらわたしは、小江戸蔵里の前の広場に横たわっていた。

ほんとは死ぬかもしれないって知っていた。それでもいいや、と思っていた。そうなれば海神は犯罪者で、つかまったら当分刑務所から出てこない。こっちの願い通りだ、と。

でもやっぱり怖かった。死ぬと思ったら、身体がすくんだ。

結局死ぬのは怖い。だからいじましく、生きている。海神と同じだ。

馬鹿だよなあ。

じわっと涙が出た。

3

目が覚めると、部屋のなか全体がオレンジ色に染まっていた。朝日が出てきたところみたいで、カーテンも壁もその日差しで色づいている。

母親の胎内もこんな感じなんだろうか。臨月に近くなると、母体の腹の皮膚は薄くのび、胎内でも外からの光が透けて見えるのだという。まだ胎児には視力がないから、その淡い光を見ることはできないが、こういうほんのり燃えるような色なのかもしれないと思った。

身体を起こし、立ちあがる。カーディガンを肩からかけ、下におりた。

居間はカーテンが閉まったままで、だれもいない。昨日は救急病院に行ったりで、床についたときには二時をまわっていたから、伊予子さんも綸もまだ眠っているのだろう、と思った。

カーテンを開ける。外の光がはいってくる。居間もわたしの部屋と同じように南向きだが、さっきのオレンジの光ではなく、透明な光だ。あれは日がのぼる数分間しか見られない特別な色だったんだろう。

　コップに水を入れ、口をつける。水が喉を通り、身体のなかに広がり、消えていく。

　扉が開く音がして、伊予子さんが居間にはいってきた。

「あれ、槐さん、起きてたんだ」

「なんだか目が覚めてしまったんです。すみません、起こしてしまいましたか」

「年をとると、あんまり深く眠れないのかな。夜どんなにおそくても、結局いつもの時間に目が覚めてしまう」

　伊予子さんは笑った。

「昨日はすみませんでした。以後気をつけます」

　一晩経つと、昨日の自分が正気ではなかったと思った。結果的にはなんとかなったが、やり方が正しかったとは言えない。

「どうしたの、ずいぶんと素直じゃない？」

「わたしはもともと素直ですよ」

「そうだね。槐さんは素直すぎるくらい素直だ」

　伊予子さんは笑いながら、水切りカゴにはいっていた湯呑みを片づけはじめる。

「伊予子さん」

　そのとき、扉の方から綸の声がした。もう作業着に着替えていて、手に濡れた糸の束を持っていた。

「どうしたの？　綸も早いね」

伊予子さんが答える。

「藍が染まらなくなってしまいました」

綸は伊予子さんの問いには答えず、そう言った。

もう何日も前から、藍が弱ってきているという話は聞いていた。伊予子さんによれば、藍にも個性があるらしく、力強く生きていきなりぱたりと死んでしまうこともあれば、細く長く、だんだん染まる色が薄くなっていく場合もある。

だが、いずれにしても、いつか終わりはくる。一昨日も昨日も、薄い青にしか染まらず、もうそろそろ寿命だと伊予子さんは言っていた。

「もう全然染まらない？」

「はい。グレーにしかなりません」

綸がうなずいた。

三人で藍甕をのぞきに行き、伊予子さんが、これはもう終わりだね、と言った。

「昨日、もう無理なのかもしれない、と思ったんです。それで、今朝早く起きて、染めてみた。一回目は少し青く染まったんですが」

綸はそう言って、ほんのりと青い糸を差し出す。

「へえ、これは甕覗きだね」

伊予子さんが目を見張る。甕覗きとはごく淡い青色のこと。さっと染めることで出す色で、ムラなく染めるのがむずかしいらしいが、藍が死ぬ間際には、じっくり染めてもそのような色にしかならない瞬間があるのだそうだ。

「でも、そのあとはもう染まりませんでした」

藍が死んだことが応えたのか、綸は落胆した表情だ。

「寿命だからね。綸のせいじゃない。綸はよくやったんだよ」

伊予子さんが言った。

「けっこうな量を染めたしね。前にも言ったけど、絹を染めるのは藍にとっては負担が大きいんだよ。藍をずっといい状態に保つのはすごくむずかしいことで、綸は二ヶ月近くそれをきちんとやった。藍はまた建てればいい。そういうものなんだよ」

伊予子さんの言葉に、綸は唇を噛み締めた。

「気持ちが落ちこむのはわかる。藍染めは生き物と協力して染めるからね。人の心を揺さぶるものがあるんだよね、藍には。でも、そろそろ経糸も届くし、染めはしばらく休んで、今度は織らないと」

「そうですね」

綸は無表情にうなずき、じっと藍甕を見つめた。

それから三人で朝食をとった。そのときになって綸はようやくわたしが包帯をしていることに気づいたようで、どうしたんですか、と訊いてきた。

「昨日の夜、例の男と会ったんだよ。それでまあ、ちょっと刺された」

苦笑いしながら言った。

「ええっ」

綸が立ちあがった。

「大丈夫、ちょっとだけだから。帰ってから病院に行って、手当てもしてもらったし」

「でも、それで、男は……？」

「それももう大丈夫だよ。つきまとわないって約束させたから」

「約束させた？」

綸は信じられないという表情だった。

それでわたしは、綸に海神との一件について話すことにした。どう話すか、昨日の夜眠る前にあれこれ考えていた。

伊予子さんに話したことは綸にも伝えなければならない。それに加えて、海神の素性を説明するために、わたしが彼について調べていたことも言わなければならないだろう。だが、鈴音や鈴音の友人の話はしなくていい。

迷っていたのはそこからだ。海神から聞いた、綸と未都の関係のことを話すべきか否か。あのときの様子からして、海神が嘘をついていたとは思えない。しかし、騙す意図がなかったとしても、そもそも海神の妄想が混ざっている可能性もある。だとすればそれは真実とは言えない。確かに写真はあったけれど、ぼんやりした像だったし、綸とは言い切れない。

綸が以前から未都を知っていた、となれば、それは綸が嘘をついていたことを意味する。海神の妄想かもしれない段階で、綸を疑うようなことは言いたくない。そんなことをすれば、せっかくできてきた信頼関係がくずれてしまうかもしれない。

伊予子さんに話したことは話す。海神の動画についても話す。あのときの海神との会話のなかで、海神が未都の絵を生きがいにしていたこと、未都が死んだことで精神が不安定になり、現場に居合わせた綸がなにか知っていると思いこんでつけまわしていたことは話していい。

しかし、綸と未都が知り合いだったかもしれないという点については触れない。事故現場が通学路の途中でないことや、事故以前に綸と未都が会って話していたということにも触れない。わたしが鈴音といっしょに現場を訪れたことも言わなくていい。

海神があのとき現場にいて、綸が未都の最後の言葉を聞いたと思いこんだことについてはどうしよう。だが、海神が綸につきまとっていた理由はそこにある。もうつきまとわないと約束したことを説明するためにも、その話はしないと不自然だ。海神があの場にいて、綸がなにか聞いた「と思いこんだ」ということであれば、それは海神の主観だから問題はないだろう。

今回わたしを刺したのは、父親の死で精神的に参っていたから、ということも伝えていい。眠る前に整理したことを反芻し、それで問題ないだろうと判断した。

「あの人、海神っていうんだよ」

わたしはゆっくり切り出した。

「海神……」

綸がぼんやりくりかえす。

「本名じゃなくてアカウント名だと思うけど。美術マニアっていうのかな。動画サイトの自分のチャンネルで、美術関係のレビュー動画を配信してたみたい。とくに武井未都の絵が好きでよく取りあげてたんだって」

「動画配信……」

綸はぽかんとした顔になった。綸が海神のことを知っている可能性もないわけではないと考えていたが、その表情を見て、それはなさそうだ、と思った。

「その人がなぜ僕のことを？」

「海神は未都が所属していたギャラリーのやり方に疑問を感じてたらしいんだよね。ギャラリーを経営してたのは未都の実の伯父なんだけど、彼が未都の販売の権利を独占していることを暴露して、その伯父から睨まれてたみたい」

「そうなんですね」

綸はなんの話かまだピンと来ていない表情だ。

「海神は未都の存在を生きがいにしていたから、未都が自殺したことを容易に受け入れられなかった。なにか特別な理由があると思いたかったんだよね。それで、ギャラリーとトラブルがあったんじゃないか、とか、いろいろ想像してたんだと思う」

海神は未都がギャラリーとのトラブルで死んだとは言っていない。でも、そういう証拠を探していたように見えた。考えてみれば、世の中に未都の伯父が悪いと流したのは海神だ。伯父が悪者なら、自分の考えを肯定できる。もっと言えば、自分は未都の味方だったと思うことができる。海神はそういう裏付けのようなものがほしかったのかもしれない。

「とにかく、海神は未都の自殺に確固とした理由があって、最後にそれを言い残したと思いたかった。海神は未都の自宅の場所も知ってたんだよね。あのときも現場の近くにいた。未都が落ちてくる瞬間も見た。飛び降りる前に未都がなにか言ったように見えた。でも、遠くて聞こえなかった。それで、下にいた綸なら聞こえたんじゃないか、と勝手に思ったみたいで」

「それで僕に最後の言葉がどうとか言ってたんですか」

　綸に訊かれ、そういうことだね、と答えた。

「でも、僕は……。ほんとになにも覚えてないんです」

「うん、わかってる。海神にもそう伝えた」

「それで彼は納得したんですか？　僕だってこれまで何度もそう言いました。でも全然納得してくれなかった」

　綸が真っ直ぐにわたしを見た。

「うん。それも知ってる。けど、刺されたあとに海神の話をじっくり聞いて」

「じっくり話を聞いた？　刺されたあとに？」

　綸は、正気ですか、という表情になる。

「海神も追い詰められていたんだよね。人生がうまくいっていなかったところに、心の支えだった未都が死んでしまった。病気だったお父さんも年明けに死んで、よりどころがなくなって刃物を持ち出した。刃物をふりまわせばなにもかも終わらせられると思ったみたいで」

「そんな勝手な……」

伊予子さんが身を乗り出す。

「まあ、でも、気持ちはわかりますよ。生きてる理由がひとつもなくなってしまった。海神からしたらそんな気分だったんでしょう」

「それはそうかもしれないけど……。でも人を巻きこもうなんて、身勝手すぎる」

伊予子さんは憤然とした面持ちだ。だが、人なんて所詮そんなものなのではないか。どうしようもなく行き詰まれば、なにかに当たらずにはいられなくなる。

「ひとりで死ぬことができなかったんですね」

綸がつぶやくように言った。しずかで落ち着いた口調だった。

ひとりで死ぬことができない。そうかもしれない。刃物をふりまわしたのも、だれかを巻きこみたかったから。巻きこむことでつながりたかったから。それがまちがっているのはたしかなことだけど。

「まあ、結局それで気持ちはおさまったみたいです。最後の言葉のこともあきらめたみたいでした。それがわかったところで未都が戻ってくるわけじゃないですから。わたしの腕も止血してくれましたし、もう来ないと約束もした」

「ほんとに？　そのときはそういう気分になったのかもしれないけど、そういう人はなにするかわからないよ。警察に行った方が……」

「いえ、彼は警察に突き出すなりなんなりって言ってましたけど、ここでわたしが警察に話したら逆効果だと思います。裏切られたような気持ちになるでしょうし」

わたしがそう言うと、伊予子さんは目を大きく見開いた。

「そうか。そうかもね。手当てをしたってことは、槐さんに信頼みたいなものを感じたのかもしれないし」

目を閉じて、椅子の背にもたれる。

「考えたら、孤独で気の毒な人だったのかもしれないわね。だからと言って人につきまとったり刃物をふりまわすのを許しちゃいけないけど。でも、警察に言えば逆恨みされるっていうのはその通りかもしれない」

「だから、もういいと思ったんです。今度なにかあればまたそのとき考えれば。とにかく、もう綸にはつきまとわない、わたしたちの前に姿を現さない、って約束しましたから。それでいいことにしたいんです」

「わかった」

伊予子さんはあきらめたようにうなずいた。

「わかりました。でも、槐さん、刺されたのに、そんな話を聞いてたんですか」

綸がわけがわからない、という顔になる。

「まあね。でも、警察につかまっちゃったら、なにもわからなくなっちゃうでしょう？　自分で聞くしかなかったんだよ」

「だからって……。今回は大事にいたらなかったみたいですが、それはたまたまうまくいっただけで。危険ですよ。そういうことはやめた方がいい」

「それは伊予子さんにもさんざん言われた。自分が馬鹿なことをしたっていうのもちゃんとわかってる。もうしないから」

そう言って笑みを作ると、伊予子さんと綸は顔を見合わせた。

「ほんとにね。約束してよ」

伊予子さんもぎこちなく微笑んだ。

「大丈夫ですよ、約束します」

今後はにっこり笑ってみせた。伊予子さんも綸もつられて笑う。

平穏だ、と思う。多少の波風が立っても、やがておだやかな日常に戻る。そういう揺るぎない日々にずっとあこがれてきた。

これを崩したくない。

ほんとうは、あの場所が大学から駅に向かう道とは別の場所であることも、綸が事故の前から未都を知っていたことも知っている。綸はなにかを隠している。でも、訊けない。海神はもう現れないって約束したんだ。それでいいじゃないか。

帯が織りあがれば綸は家に帰る。大学に復学し、就活することになるだろう。いまの三人の暮らしはそんなに長く続けられるものじゃない。いまは綸が染織に集中できるようにすることがいちばん大事なはず。

いや、ちがう。綸のためじゃない。わたし自身が怖いのだ。この生活が壊れることが。自分のその気持ちに気づいて狼狽した。

昨日病院で、昼間のあいだにもう一度来るように言われていたので、早めに家を出て、仕事に行く前に寄ることにした。

専門の医者に診てもらったところ、神経や筋肉への大きな損傷はないようだ。このまましばらく様子を見ることになり、替えの包帯や痛み止めをもらった。刺されたのは左腕の肘の少し上で、痛みはあるが事務作業に支障はない。

そのまま塾に行くと同僚も生徒たちも驚いたようだったが、昨日の晩に病院で話したのと同じ説明をすると、みんなとくに疑いもせず、あっさり信じてしまった。

その日は仕事も少なく、怪我もあるので早くあがるように言われた。久田さんは、念のため明日も休めという。塾は二月から新年度がはじまる。六年生の入試は終わったが、あたらしくはいってくる子どもたちも多いので、なにかと忙しい。休んでいいのか迷う気持ちもあったが、同僚の勧めもあって、結局休みを取ることにした。

家に帰ると伊予子さんは買い物に出かけているようで、綸だけが居間でぼんやり糸を見ていた。これまで綸が自分用に染めてきた藍の糸だった。

しっかり濃い藍色に染まったものから、水色のようなもの、それから最後の方に染めた淡い水色まで、さまざまな藍の糸がならんでいる。これが全部同じ藍が生み出したものだと思うと、不思議な気持ちになった。

「ずいぶん染めたんだね」

綸はぼんやりとうなずいた。

「すみません、なんだか藍が死んでしまったことが予想以上にショックで。寿命があると聞いていたし、そろそろだろうってわかっていたのに」

綸は少し笑った。

「生き物だからね。みんなそれぞれの寿命があるんでしょ。人から見たら短いけど、藍は藍で一生をまっとうしたんじゃないの」

「そうですね」

綸はうなずいて、糸の束を見おろす。

「なんとなく、これはいつ染めたもの、って思い出せるんです。時期によって色合いもちがいますし。短いあいだだったけど、毎日藍に触れて、藍で糸を染めて、僕も藍の時間のなかで生きていた気がする」

綸の瞳に藍の糸が映っているのが見えた。

「藍染めの時間は、ほんとうに不思議でした。ふだんは見えないものがそこにある気がするんですよ。見えないなにかと会話してるみたいで」

綸の話を聞きながら、自分が藍染めをしたときのことを思い出していた。あれはたしかに不思議な体験だった。

あのときわたしのなかでなにかが変わった気がする。あの液体に手を入れたことで、それまで眠っていた細胞が目覚めたような。母の蘇芳の着物のことを思い出したのも、それまでしたことのなかった織物をしてみようと思ったのも、あの体験のせいなのかもしれない。

伊予子さんからむかしの話を聞いたことや、未都の絵や文章を見たことも大きいけれど、あの体験をする前だったら心に響かなかったかもしれない。

染液に入れた糸が緑から青へ変わった瞬間のことを思い出し、身体の奥が波立った。


「整経屋《せいけいや》さんから連絡があって、あと二、三日で経糸が戻ってくるって」

夕食のとき、伊予子さんが言った。

「そしたら織りはじめられるってことですか」

わたしが訊くと、伊予子さんはうなずいた。綸は緊張した面持ちで、じっと黙っている。

「どんなふうに織るか、考えた？」

伊予子さんが綸に訊く。

「はい、少しは。でも、なかなかはっきり定まらなくて」

綸が答える。

「帯は着物とちがって、締めたときに全体が見えるわけじゃないからね。外に出てよく見えるのはお腹とお太鼓《たいこ》の部分だけ。それ以外の部分は締めれば見えなくなる。織りはじめはしばらく見えない部分が続くから、そこでやりたいことをいろいろ試してみるといいよ」

伊予子さんは言った。

「わかりました」

「藍だけで織るつもり？」

「それもまだ決めてないんです。少し白い部分も入れたいし、でも、筋で入れるんじゃなくて、短く繋ぎ糸を入れようかと」

「繋ぎ糸か。それもいいね」

伊予子さんがうなずく。

繋ぎ糸とは、織糸の途中に別の糸を繋いで、そこだけ糸を変える方法だ。長くも短くもでき、何本かを束ねて繋ぐことで、太さを変えることもできる。一部分だけ色や太さを変えることによって、織り地に変化を出すことができる。

糸を繋ぐときは、結び目が目立たない特別な結び方をする。綸はすでに伊予子さんからその結び方を習っていた。

「考えてるだけじゃわからないんですが、どう織るかちゃんと決めてから織り出さないとわけのわからないものになってしまいそうで」

「そうしたら、裂を見てみる？　母さんのもあるし……。そういえば、子どものころの綸の織った布もあるよ」

「僕の……？」

「そう。どれも小さなものだけど、すごくきれいなんだよ。母さんが気に入って、箱に入れて取っておいたんだ」

「わたしも、ちょっと見てみたいです」

わたしは言った。

食事を終えると、伊予子さんが裂の箱を持ってきて、中身をテーブルにならべた。

「これはきれいですね」

思わず感嘆した。子どものころの綸が織った布は、どれも不思議な色合いだった。縞やぼかしのような規則性はないし、大人が考えるような同系色の組み合わせとはまったくちがう。自由自在で、でもとてもうつくしかった。

「これを僕が織ったんですか」

綸も目を丸くした。

「そうそう。ほんとにね、茉里さんもわたしも、天才だって言ってたんだよ。母さんもすごく気に入ってて……」

伊予子さんが顔をほころばせる。

「どうやって色を組み合わせたのかよくわからないな。自分で言うのもおかしいですが、すごくきれいだ。こんな合わせ方もあるんだな」

綸が裂を一枚ずつ手に取る。

「大人みたいな作為がなくて、好奇心だけで色を組み合わせて、それがうまくいくと母さんのところに持っていって、褒められていた」

「あのころの僕は、大人みたいにうまく織れなくて嫌だって思ってた気がしますが」

綸と伊予子さんは裂を見ながら楽しそうに話している。その姿をながめ、やはり綸はここに来ることを運命づけられていたんだな、と思った。

4

夜、部屋でひとりになると、昼間見た藍の糸のことを思い出した。いよいよあの糸で帯を織る。期待がふくらむと同時に、海神から聞いた話が頭をもたげてくる。

綸が事件の前から未都と知り合いだったというのはほんとうなんだろうか。

綸が青にこだわっているのは未都の絵からの影響。わたしはこれまでなんとなくそう考えていた。未都の飛び降りに巻きこまれて意識不明になるほどの大怪我をした。意識が戻ってから未都の絵を知った。そこで衝撃を受け、自分も青い布を織ろうと思った。

だが、綸の青の糸へのあの強いこだわりを考えると、それだけでは動機が弱すぎる気もする。生きている未都と話したこともないのに、そこまで執着するだろうか。海神が言っていたように、未都が死ぬ前からふたりが知り合いだったと考えた方が筋が通っているんじゃないか。

――未都にはＳＮＳのアカウントがあったんだ。知ってる？

海神の言葉が頭に浮かんだ。

――カタカナで「マボロシノマチ」っていう名前で。
マボロシノマチ。すっかり忘れていたが、見てみないと、と思った。
急いでスマホを取り出し、いくつかのSNSで「マボロシノマチ」を検索する。引っかかったのはひとつだけ。アイコンはただの青い丸で、ヘッダの画像も青一色。プロフィール欄にはなにも書かれていない。だが、アイコンもヘッダも青いし、たぶんこれだ、と思った。
最後の投稿は、未都が死ぬ前日だった。そこから順に、過去にさかのぼっていく。

明け方、とてもいい夢を見た。鳥になった夢だ。白い羽を広げて飛んでいた。はばたきの感触も、下に見える町もよく覚えている。夢のなかで、そうか、これまで飛べなかったのは、飛ぶことを恐れていたからなのか、怖がらなければ飛べるんだ、と思っていた。

いまいるのが自分のいるべき場所じゃないと感じる。といって、いるべき場所がどこかはわからない。そんな場所はどこにもなくて、一生たどり着けないのかもしれない。

浴槽のなかにある自分の身体を見た。湯のなかの皮膚は、空気のなかで見るよりずっと脆く見える。刃物を突き立てればすぐに破けてしまいそうだ。不完全な死体。まだ生きている、死体になりきっていない死体だ。お湯が揺れて、像がゆらゆら揺れる。崩れて自分が自分でないものになる。

絵を売ることは、魂を売るのと似ている。魂は削られてもまた日々ふくらんでくる。わたしが生きているかぎり。だから惜しくはない。でも、行った先でその魂がどうなるのかと思うと、吐いてしまうことがある。

絵を自由に描けるなんてことはないのかもしれない。自分に求められている気がするものにしたがっていると、なにかが歪んでしまう。

夜、雨を見ていると、雨の匂いがした。身体が闇に溶けていくような。もう消えてしまってもいいように思う。こんな夜の闇のなかに消えていくなら、それでもいいように思う。

小学生のころはよく学校のプールを見ていた。窓際の席だったときは、黒板も見ずにただ窓の下にあるプールを見おろしていた。晴れた日には雲が映り、水のなかにいる生徒たちが雲を散らす。生徒たちの身体もゆらゆら歪んで見える。それをながめているのが好きだった。

ベランダに出ると、空がぽっかりとあかるかった。雲に夕陽が当たって、金色とも黄色とも橙ともいえない色になっている。先のことはまるで見えないのに、気持ちは妙に冴え冴えとして、空と同じようにあかるかった。

絵を描くのが好きだった。絵を描くために生まれたみたいだね、と言われた。その言葉が呪いのようにわたしをずっと縛っている。いつか自分の望む絵が描けるような気がしていた。でもいまは描けば描くほどわからなくなる。遠ざかっていく。そんなものはないような気がしている。でも呪いは解けない。だから描き続けている。

いつだったか、鳥葬というものがあると聞いた。チベットの慣習で、死んだ人の身体を鳥に食べさせる。魂の抜けた身体を天に送り届ける儀式なのだそうだ。前は怖いと思ったけれど、いまはそうでもない。魂ごと食われて、鳥の目になれたら、と思う。

ずっと水のことばかり考えてきた気がする。水の世界が好きだ。水のなかにある実体、水に映る像、水に映る影、水を照らす光。その四つが重なって世界を作る。四つは混じり合うことがない。見ているうちに、どれがほんとうかわからなくなる。どれもほんとうじゃない気がする。そういうまぼろしを描いている。

鳥が高いところを飛べるのは、落ちることを恐れないからだ。生も死も知らない。空のように生きている。

そこまで読んで、はっとした。

これと同じ言葉をどこかで目にしたことがある。いや、聞いたことがある。

臭木の空の色が頭をかすめる。

あのときだ。綸といっしょに臭木で糸を染めたとき。飛び立っていく鳥を見ながら、綸がこれと似たことを言った。

――鳥が高いところを飛べるのは、落ちることを恐れないから。そう言っていた人がいたんです。人以外の動物は、死を恐れない。死の先にあるものを想像しない。だから飛べるんです。もし鳥が死を想像できたら、鳥だって飛べないはず。

綸もこの文章を読んだということだろうか。未都のアカウントを知っていたということ？

未都が死んでから知ったのか？

それとも死ぬ前に話した？

――動物の目がうつくしいのは、恐れがないからだと思うんです。でも、動物の目を見ていると怖くなる。心がないように見えるから。

あのとき綸はそうも言った。

動物の目がうつくしいのは……。

あれはほんとうに動物の目のことだろうか。

もしかしたら、未都の目なんじゃないか。

——未都が落ちる瞬間、あいつが下に駆け寄ったように見えた。

海神はそう言っていた。

綸はあのとき、落ちてくる未都の目を見たんじゃないか。ただ歩いていてぶつかったんじゃない。綸は上を見ていた。落ちてくる未都を見ていた。未都を受け止めようとしたんじゃないか。綸にとって、未都はそこまで大事な人だったのかもしれない。

だとしたら。

——ひとりで死ぬことができなかったんですね。

海神の話をしたときの綸の言葉を思い出した。しずかで落ち着いた口調だったが、海神の心を言い当てていたような気がする。

綸はなぜあれほどまでに青い布にこだわっているのか。それを織らないと先に進めない。綸はそう言った。復学のことも就活のことも二の次で……。もしかしたらそれは、帯さえ織れればそれでいい、その先のことなんてどうでもいい、と思っているからなんじゃないか。

海神のことをああ言ったのも、自分ならだれも巻きこまず、ひとりで死ねると思っているからなんじゃないか。

やっぱり、綸にちゃんと話を聞かないと。

そのことが気になって、一睡もできないまま朝を迎えた。

5

あかるくなってきたので居間におりると、すでに綸がいた。ひとりでパンを焼き、黙々と朝食をとっている。

「綸、出かけるんだって」

そばにいた伊予子さんが言った。

「出かける？」

驚いて訊き返した。綸はこれまでずっと染織に夢中で、ひとりで出かけることなんてほとんどなかった。

「大学？」

「いえ、ちょっと行きたいところがあって」

わたしが訊くと、綸は即座にそう答えた。食事は終わったようで、立ちあがり、皿とカップを流しに運んでいる。

「帰りは夜になります。夕食の時間までには帰れないと思うので、夜は僕を待たずに食べてください」

食器を洗い終えると、綸は離れに戻っていった。

「どこに行くんでしょう？」

わたしは伊予子さんに訊いた。

「さあ。それは言ってなかったけど。でも、もう大学生だもん。いままで具合が悪くて出かけなかっただけで、行きたいところもあるでしょ？　元気になったってことじゃない？」

伊予子さんはうれしそうに言う。

藍が死んでしまって、糸が来るのは数日後。だから久しぶりに外出することにした。ただそれだけのことかもしれない。でも、海神の話をした直後なのが気にかかる。

「わたしたちも朝ごはんにしましょう。槐さんは右手しか使えないのよね。そしたら」

「すみません、伊予子さん、わたしもちょっと出かけます」

咄嗟にそう言って、自分の部屋に戻った。まだ綸が出ていった気配はない。すぐに支度すれば間に合うかも。腕の痛みをこらえて着替え、上着を持って居間におりる。

ちょうど綸が出ていったところで、わたしも急いで靴を履いた。

「槐さん、どうしたの？」

玄関に出てきた伊予子さんが言う。

「大丈夫です。また連絡します」

ばたばたと外に出た。あたりに綸の姿はなかったが、これだけ早く出るからには近所の散歩ということはあり得ない。だとすれば駅に向かったはず。そう目星をつけて走っていくと、途中で綸のうしろ姿が見えた。

案の定、綸は駅にはいっていき、わたしもあとを追った。東武東上線のホームに向かっている。駅のなかは通勤客でごった返していて、見失いそうになる。しかし人が多い分、わたしがつけてきていることに綸は気づいていないみたいだ。

見失わないように少し離れた場所から様子をうかがう。東武東上線に乗って朝霞《あさか》台《だい》まで行き、武蔵野線《むさしのせん》に乗り換える。都心に行くのではないということだ。どこに行くつもりなんだろう。西国分寺《にしこくぶんじ》で中央線に乗り換え立川《たちかわ》へ。電車を降り、そのままホームに立っている。

もしかして、特急？

そう気づいてはっとした。ここから特急に乗るということは松本《まつもと》方面だろう。綸は岡谷に行くつもりなんじゃないか。

海神は武井未都が岡谷市の出身だと言っていた。綸もどこかでそのことを知っていたのかもしれない。駅の発車案内表示を見ると、もうすぐ松本行きの特急あずさがやってくるみたいだ。岡谷に行くつもりなら、綸はおそらくあずさに乗る。いまのあずさは全席指定だったはず。特急券は持っていないが、車内でも買えるだろう。

アナウンスが流れ、特急がホームにはいってくる。綸が乗車するのを見届け、わたしも別の乗降口から車内にはいった。前の方の席に座ろうとする綸の姿が見えた。同じ車両のうしろの方で空席を探して座る。

この列車に乗ったからには諏訪湖まで行くにちがいない。それまでは降りないし、見失うこともない。

列車が動き出し、少しほっとして、スマホを取り出す。突然出てきてしまって、伊予子さんは怪訝に思っているだろう。説明した方がいいのだろうが、いま言えることはほとんどない。

メッセージアプリを開いたが、なにも書かずに閉じた。

回ってきた車掌から特急券と座席指定券を買い、窓の外をながめる。景色が流れていく。駅のまわりには街が広がり、しばらく行くと畑と宅地ばかりになる。それがだんだん山がちになっていく。このところ遠出をすることもなかったから、山林を見ること自体が久しぶりで、世界にはこういう場所もあったんだっけ、とぼんやり思う。

もう一度スマホに目を移し、昨日見た未都のSNSを読み返した。

絵を描くのが好きだった。絵を描くために生まれたみたいだね、と言われた。その言葉が呪いのようにわたしをずっと縛っている。いつか自分の望む絵が描けるような気がしていた。でもいまは描けば描くほどわからなくなる。遠ざかっていく。そんなものはないような気がしている。でも呪いは解けない。だから描き続けている。

ここにある「呪い」という言葉はなんとなくわかる気がする。子どものころは呪いといえば「何歳までに死ぬ」とか「眠り続ける」とか「口がきけなくなる」とか、あきらかによくないものを指すと思っていた。

でも、大人になるにつれ、子どものころに聞いた言葉、大人が良かれと思って発した言葉も呪いになり得ると知った。知らないうちにその言葉が心に根を張って、それに縛られ続けてしまう。

末都に「絵を描くために生まれたみたいだね」と言ったのは、末都の伯父の藤森なんだろう。末都は絵を描くことを生き甲斐にして、自分の望む絵を探し求めながら生きてきた。だが、それ自体がまぼろしかもしれない。

わたしにとっての呪いは、母に言われた「何者かになれ」という言葉だった。ある意味、絵を描くことよりタチが悪い。「人から尊重される人」「ほかの人に頭をさげなくても生きていける人」。基準が自分ではなく他人にあるから、方向を自分で決めることができない。

母にとっては、人から見て立派であればなんでもよかった。母自身が「空っぽ」だったから。

大学時代、わたしはどうしたら何者かになれるのか考え続けた。自分が母ほど器量よしでないことはわかっていた。運動ができるわけでも、歌がうまいわけでもない。若い女がてっとりばやく有名になれる方法のなかで、自分にできそうなのは文章を書くことだけだった。

大学に元新聞記者の非常勤講師がいたから、見よう見まねで書いた短編小説を見せ、プロになれますか、と訊いた。彼はわたしの作品を気に入ったようで、もっと長いものを書いて新人賞に応募してみたら、と言った。

――でも、いまどき小説家になりたいなんて、めずらしいねえ。

彼はにやにや笑いながらそう言った。

――それくらいしかできることがないんですよ。両親もいないし、ひとりで生きていくには有名にならないと。ほかの人に頭をさげなくても生きていけるようになりたいんです。

わたしは母に言われたままに答えた。

——なるほどねえ。

彼は一瞬目を丸くして、そのあとふうっとため息をついた。

——たしかに有名にはなれるかもしれない。でも、人に頭をさげなくていい作家なんて、ほんのひと握りだよ。

その言葉に憐れみのようなものを感じ、わたしは自分が惨めに思えた。それならそのほんのひと握りになればいいと思った。言われた通り、わたしはもっと長いものを書いて、新人賞に応募した。だがどこも通らなかった。

一作だけ最終選考に残って選評をもらったことがある。そこには「この書き手には大きな欠落と世界に対する怒りがある。だが、その先がない。主人公の心情は伝わってくるが、他者と深く交わる部分がないので物語がふくらまない」と書かれていた。

読んだ瞬間、小説家になるためにはこの選者のような人に頭をさげ続けなければならないんだな、と悟った。そういうのは、小説が好きで、小説を書かなければ生きていけない人にまかせよう。わたしには到底無理だと思った。

自分の言葉が世の中に広まることも、自分の言葉が人々の心に残ることも、わたしにはどうでもいいことだった。どこか遠くにいる知らない人の心に関心はない。

自分が死んだあとのことなど知るか。

わたしがしたいのは……。

そこまで考えて、はたと止まった。

わたしがしたいことはなんだ。どうなったら満足するんだ、と考えて、それは母が喜び、満足することだ、とわかった。そして、それはもう絶対に叶わないのだ、と知っていた。なぜなら母はもう死んでしまっていたから。

だからわたしは何者かになろうとするのをやめた。何者かという言葉は純度一〇〇パーセントのまぼろしだ。それまでまぼろしでいっぱいだったわたしの心は、空っぽになった。

最初からなにもなかったなら、ただ生きていくこともできたのかもしれない。でも、いっぱいにふくらんでいたまぼろしを捨てたわたしには、「空っぽ」だけが残っている。空っぽだから捨てることもできない。

結局わたしは、母を満足させたかっただけなんだよな。

遠くに山が見えてくる。いくつも連なった山。あれは八《やつ》ヶ《が》岳《たけ》か。むかし母と行ったことがある。母は疲れるとそのときのことを思い出し、またどこか旅行に行きたいね、と言った。行くなら温泉がいい、露天風呂付きの部屋がいい、お酒を飲みながらはいれるから、と。

あのころは母に縛られてもいたし、怖くもあった。だが、同時にかわいそうだとも思っていた。世界のどこにも母を大事にしてくれる人がいない。わたしにはなにもできない。母に必要なのは、母より小さいわたしではなく、母より大きな人だ。

でも、母はもうそれを求めていなかった。全部あきらめてしまっていた。付き合いの席にもよく出ていたし、あれだけきれいなんだから、誘いだってあったと思う。それもたぶんすべて拒んで生きてきた。もうだれも信用していなかったから。

わたしはずっとこのできなかったことを抱えて生きていくしかないんだ、と思った。

上諏訪《かみすわ》駅が近づいてくる。上諏訪、下諏訪《しもすわ》、岡谷と駅は続く。だが、特急は下諏訪にはとまらない。だから岡谷まではあとふた駅。

そう思って様子をうかがうと、綸が立ちあがり、前の乗降口に向かうのがわかった。ここで降りるつもりなのか。わたしもあわてて荷物を持ち、うしろの車両の乗降口にこっそり移動した。

列車が駅に着く。ホームに降り立ち、前を見た。乗降口から降りてくる人たちが見えたが、綸の姿がない。もしかして、この駅じゃない？　やっぱり岡谷まで行くつもり？　列車に戻ろうとして方向を変えたとき、目の前に綸がいた。

「綸」

驚いて小さく声をあげた。

「槐さん、どうしてここにいるんですか」

綸に訊かれ、答えに詰まった。

「僕をつけてきたんですよね。わかってました。立川の駅で姿が見えましたから」

バレていたのか。すっと血の気が引いた。

「槐さん、嘘をついてたんですね。嘘というか、隠していた。海神と話したって言ってましたけど、昨日僕に話したことだけじゃなかったんでしょう？」

その通りだ。だがうまく言葉にならず、ただ口がぱくぱくした。

「ごめん」

　わたしはどう話したらいいかわからず、とりあえず謝ってしまった。綸はなにも言わずに向きを変え、階段に向かって歩き出した。

「ここになにをしに来たの？」

　わたしはうしろから話しかけた。

「諏訪湖を見に来たんです」

　綸が答えた。答えている、ということは、拒んではいないということなのだろう。

「諏訪湖を見るって、どこから？」

　諏訪湖は広い。どこから見るつもりなんだろう。

「立石公園《たていしこうえん》というところです。山の上にあって、諏訪湖を一望できる。ネットで見たら、上諏訪から歩いて三十分って書いてありました。前に行ったことがあるんです。お祖母さんや伊予子さんといっしょに。そのときはタクシーで移動しましたが」

　綸は階段をのぼりはじめる。改札を抜け、駅を出る。綸はずっと無言だった。

「ねえ、綸」

　わたしはうしろから話しかけた。

「黙ってついてきたのは悪かったと思うけど、綸の方もわたしたちに隠してることがあるでしょう？」

綸はふりむかず、なにも答えなかった。

「綸は、事故があったマンションが大学から帰る道の途中にあるような言い方をしてたけど、あそこは駅とは別の方向だよね。狭い路地だし、とくにその先になにもない」

「なんで知ってるんですか」

「なんで、って……」

答えに詰まり、口ごもった。

「それも海神から聞いた？　それとも、もしかして、僕のことを疑って、現場を見に行った、ってことですか」

「疑ってたわけじゃなくて……」

「見に行ったんですね。疑ってた、でも、心配してた、でもいいです。同じことだ」

綸は前を見たまま、突き放すように言った。

「けど、綸だってわたしたちになにか隠してるでしょう？　綸は、あのとき落ちてきた未都に偶然ぶつかった、未都のことはそれまで知らなかった、って言ってた。でも海神の写真には……」

「写真？」

綸がようやくこっちを見る。

「海神は未都のストーカーみたいなことをしてて。よく未都のマンションのあたりをうろついてたみたいなんだ。それで、未都のマンションの下に綸が立っている写真を持ってた」

「僕が？」

綸が足を止める。

「そう。しかも、その写真はあの事故のあった日じゃなくて、一ヶ月くらい前のもので。雨が降ってる日だった。海神は、綸がベランダにいる未都となにか言葉を交わして、そのあと傘を持って未都が出てきた、って」

綸は目をそらし、黙ったまままた歩き出した。

「綸には綸の事情があったんだろうって思ってる。でも、なんで未都のことを知らなかったって言ったの？」

「知らなかったんです。ほんとに」

綸は即座に答えた。

「彼女に会ったのは、その小雨の夜がはじめてでした。いや、正確に言うと、それより少し前に僕は彼女を見ているんだけど」

認めた……。写真の男はやっぱり綸だったのか。

綸は歩みを止めず、わたしはあわててあとを追った。綸は道の途中で立ち止まり、スマホを取り出す。地図アプリで行き方を確認しているみたいだ。あたりを見まわし、小道にはいる。

道幅は狭いが、車道より近道らしい。

「彼女、お祖母さんが織った着物を着てたんですよ」

細い道を歩きながら綸が言った。

「城倉志満子の着物、ってこと?」

驚いて訊き返した。亡くなった祖母が着物を織るのをやめてからもう何年も経つ。もちろんあたらしい反物が市場に出まわることはないが、着物愛好家のあいだではいまだに人気が高く、リユース品にもかなりの値段がついて取引されていると聞いたことがあった。

「そうです。大学の前の道を歩いているのを見かけて……。紫にところどころ繋ぎ糸がはいっていて、すごくきれいだった。僕の横を通り過ぎてしばらく経ってから、お祖母さんが織った着物だと気づいた」

紫。紫根《しこん》だろうか。ムラサキという多年草の根を紫根という。この根をお湯のなかで揉み出すと染液になり、媒染によって濃い紫から薄い紫までさまざまな紫になる。だが、あざやかな紫を出すのはむずかしいと聞いた。

紫根は、藍、紅花とならんで日本三大色素と呼ばれ、古来貴重な染料として珍重されてきた。冠位十二階では最高位の色であり、奈良、平安時代には天皇と皇族などにしか許されない禁色だった。

「お祖母さんの織ったものだってよくわかったね」

「子どものころによく見ていましたから。自分でもこんなふうに織りたいと思っていたけど、なかなかうまくできなかった」

綸は少し笑った。

「でも、僕がなにを織っても、お祖母さんは褒めてくれた。綸はすごいね、こんな色合わせは思いつかない、って。それがうれしかった」

　わたしにとっては厳しいイメージだけが強い人だが、そういう面もあったのか、と思う。

「着物を見てすぐにわかったわけじゃないんです。布の形では見ていたけど、着物になって、人がそれを着ているのを見るのはめずらしかったし。とくに、すらっとした若い女性が着ているのを見たのははじめてでした」

　値が張るし、紬という趣味の着物ということもあって、買うのはたいてい着物通で、ある程度の年齢以上の女性である。若い人が気軽に手に取るものではない。

「それで一瞬、なにが起こったのかわからなかった。気づいてふりかえったときには、彼女の姿はどこにもなかった。でも、その姿が目に焼きついていて、あんなにうつくしいものだったのか、と動悸が止まらなくなった。着物もうつくしかったけど、それに負けないくらいきれいな人だったんです。紫がよく似合っていて」

「それで？　そのあと見つけたの？」

「いえ。しばらくあたりを捜しましたが、もう見つからなかった。だんだん見たことにも自信が持てなくなって、幻覚だったんじゃないかと思ったくらいです」

　綸は言葉を止め、しばらく無言で歩いた。

「でも数日後、あの雨の日、彼女に再会したんです」

「海神が撮った写真の日、ってこと？」

「そうです。あの日は父が早く帰ってくるのがわかっていたから、家に帰るのが嫌で……。当時は顔を合わせれば就活の話で、もううんざりしてたんです。それで大学のまわりをうろうろするうちに雨が降ってきた。傘がなかったので、マンションの向かいの建物の庇《ひさし》の下で雨宿りをしました。そのときベランダに女の人がいるのに気づいたんです。はじめは彼女だって気づかなかった」

　未都の部屋は八階である。暗かったみたいだし、顔ははっきりわからないだろう。

「彼女がこっちを見て、目が合った気がした。気まずくなって庇から出ようと思ったとき、ベランダから彼女の姿が消えた。それからしばらくしてマンションの入口から彼女が出てきて、僕に傘を差し出したんです。その顔を見て、驚きました。ラフな部屋着でしたけど、すぐにあの人だってわかった」

　綸は立ち止まった。途中から坂が急になり、ずいぶん上にあがってきているのがわかる。

「なにを言ったらいいのかわからなくなった。でも、着物のことが気になって、いま訊かなかったらもうチャンスがないと思った。それで、何日か前に紫の着物を着て歩いていませんでしたか、って訊いたんです。彼女は不思議そうな顔でうなずいた。それで、あの着物は城倉志満子のものじゃないか、って訊いたんです」

「そしたら？」

「彼女は驚いた顔で、そうだけど、なんでわかったの、って訊いてきました。城倉志満子は僕の祖母なんです、と答えると、驚いたような顔になって、お孫さんなの、って訊き返してきた。彼女は子どものころに展覧会でお祖母さんの着物を見て、ずっとあこがれていた、と言ってました」

　そんな人がいるのか、と不思議な気持ちになる。未都の年齢はわたしとあまり変わらない。紬の着物を着る人がいないどころか、紬がなにか知らない人がほとんどだろう。

「でも、いまお祖母さんの着物を手に入れるのはむずかしいでしょう?」

「自分の着物ではないと言ってました。知り合いのもので、特別に貸してもらったそうです。持ち主から、あなたみたいな若い人が着ているところを見てみたい、って言われたらしくて。袖を通したら包まれるような着心地で、すごくしあわせだった、って言ってました」

「そうだったんだ」

「それで、彼女にちょっと話したいって言われて、ふたりで歩きはじめたんです。彼女はすごく楽しそうで。雨が降ってるし、街の方に行って建物にはいった方が、と思いましたが、このままがいいって言われました。自分は水が好きで、街は嫌いなんだ、って」

　水が好き、という言葉に、ギャラリーの個展の告知ページにあった文章を思い出した。

「そのとき彼女から絵を描く仕事をしていると聞きました。でも名前は言わなかった。どんな絵を描いているかも。だから、有名な画家だとは思わなかったんです」

　その言葉を聞いて、なるほどと思った。綸は彼女に会ったことはあったが、彼女が武井未都という画家であることはほんとうに知らなかったのだ。

「彼女は岡谷の生まれで、子どものころ地元の美術館で城倉志満子展が開催されたことがあったんだそうです。展覧会はただ連れられて行っただけだったそうですが、展示された着物を見て、衝撃を受けた。それが『御神渡り』と『明けの海』だった」

「『御神渡り』と『明けの海』……」

たしかにあの二枚には尋常でない迫力がある。着物に縁がなくても、感性が豊かな子どもなら心をとらえられてしまうかもしれない。

「彼女が子どものころにはもう御神渡りができる年の方がめずらしくなっていたみたいですけど、何度かは見たことがあったみたいです。御神渡りができるときは氷が砕ける轟音が響く。その音をよく覚えてるって」

綸が息をついた。

「彼女はあの二枚を見て、水というものに興味を持つようになったそうです。歩きながらずっと水の話をしていたんです。水たまりや水に映る世界のこと。水を見てると、なにがほんとかわからなくなる、すべてほんとじゃない気がしてくる、って」

たしかにサイトにあがっていた絵は、どれも水にまつわるものだった。

「未都さんの話を聞いているのは、なぜかすごく心地よかったんです。水の話だけど、生きることについて話しているようにも聞こえた。この人はほんとのことだけを話している、と感じました」

「ほんとのこと？」

真実という意味とは少しちがう気がして、訊いた。

「生きることとか、死ぬこととか、魂にかかわることです。そういう話ができる相手は僕のまわりにいなかった。みんな成績とか、就職とか、遊びとか、人間関係の話しかしない。父も母も兄も。その話をすると、まともじゃないものを見るような目になる」

「そうだね」

ある程度の年齢になれば、よほどのことがないかぎり、みんなそういうことは口にしなくなる。気分を落ちこませる暗い話題だととらえる人も少なくない。

「未都さんの絵を見たのは、ほんとに事故のあとのことだったんです。絵を見て、あのとき彼女が話していたことの意味がはじめてわかった気がした」

小道を抜け、車道に出る。急なクランクを曲がったあと、また小道にはいった。

「あの日、未都さんは言ってました。ずっと諏訪湖を描きたいと思ってたって。でも、かなわなかった。諏訪湖みたいな大きなものは、自分には捉えきれない、志満子先生のような強いものは描けないって」

「どうして？」

「僕にもよくわからなかった。彼女は言ってたんです。むかしは描きたいものがどこか遠くにあるような気がしていた。でも描くうちに見えなくなった。いまは仕事だから描いているだけ。筆を取れば自然に身体が動いて絵が描ける。でも、それがほんとうに自分が描きたいと思っていたものとは思えない。どんなに進んでもどこにもたどり着けない気がするって」

ＳＮＳにも似たようなことが書かれていた、と思い出した。

「僕はそのときはまだ彼女の描いている絵を知らなかった。もし知っていたら、あなたの絵は素晴らしい、って言えたのに」

綸はうつむいた。小道は途中から階段になり、一段一段に木の枝が影を落とした。

「彼女と会ったのは、その雨の日だけ？」

「そうです。傘はあげるって言われたけど、僕はもう一度未都さんに会いたくて、借りた傘を持って毎日あのマンションの下に行った。でも、彼女は出てこなかった」

綸が空を見あげた。真っ青な空に白い雲がいくつか浮かんでいる。

「結局、次に会ったのは、あの事故の日でした。あの日は雨が降っていた。だからもしかしたら会えるんじゃないかと思ったんです。雨が降ってるから、今日ならベランダにいるんじゃないか、って。それであのマンションの下に向かった。そしたらほんとに未都さんがベランダにいた。僕がいるのに気づくと、未都さんはこっちに手を振って、手すりに飛び乗って、座った」

手すりに座った。たしか海神も同じことを言っていた。

「こっち側に脚を投げ出して、楽しそうにぶらぶらさせて。僕は危ないと思った。叫んでも声は届かないかもしれないから、手すりからおりるように身振り手振りで知らせようとした。でも、未都さんはただ笑って僕を見ていて……」

綸はそこで言葉を切った。

「地面を指差してなにか言った。はっきり聞き取れなかったけど、『見て、きれい』って言ったような気がした。地面を見ると、僕の足元が、というか、路地一面が水たまりになってることに気づいて、それをきれいだと言っているのかと思った」

綸は大きく息をついた。見て、きれい。海神があれほど知りたがっていた未都の最後の言葉というのはそれだったのか。

「そこまで激しい雨じゃなかった。雨滴がしずかにたくさん落ちてきて、水たまりには小さな波紋がたくさんできてた。でも、水面の像は乱れない。電柱や、未都さんが住んでるマンションのひとつひとつの窓が光って映ってた。すごくきれいだ、と僕も思った。未都さんも映っているかもしれないと思って、僕は水面を探した。でも暗くてよく見えなくて」

綸が小さく呼吸した。

「それで、上を見た。そのとき未都さんの身体が前にのめって」

腹の底の方がひゅっとすくむような気がした。

「なにが起こったのかわからなくて、反射的に未都さんの方に走ってた。受け止めようとしたんだと思う。受け止められるわけないのに」

未都を受け止めようとした……。海神の言った通りだ。

「その瞬間、未都さんが落ちた。一瞬、落ちてくる未都さんと目が合った。いや、合ったような気がしただけかもしれないけど」

綸が目を閉じる。

「鳥みたいな目だったんだ。死ぬことを恐れない、動物みたいな目だった」

やっぱりそうだったのか。臭木で染めた糸を干していたときのあの涙は、そういうことだったのか。

「次の瞬間には、衝撃で倒れていた。すぐに意識を失ったと思っていたけど、はじめて藍に触れたとき思い出したんです。僕はあのとき、水たまりに倒れた。濡れた感触があって、でもなんだか気持ちがいいな、って思ってたんです。海にもぐっていくみたいだな、って」

　わたしは目を伏せた。

　それは雨の水だけじゃなくて、未都と綸自身の身体から血が流れていたからかもしれない。あの夜の母の姿が脳裏に浮かび、身体の底からなにかがこみあげてくる。

「家族にも警察の人にも彼女と知り合いだったことを話さなかったでしょう？　なぜ？」

　しばらく沈黙が続き、わたしはようやくそう訊いた。

「知ってるって言っても、一度話しただけ。彼女の名前すら知らなかった。訊かれてもなにも答えられないと思ったんです。彼女が落ちた状況のことも訊かれました。ベランダや部屋にだれかいたかとか、彼女は自分で落ちたか滑って落ちたか、とか」

「なんて答えたの？」

「ベランダにはだれもいなかったと思う。でも僕は未都さんしか見てなかった。部屋に人がいたかまではわからない。未都さんが落ちたときのことも。僕には鳥が飛び立つように見えた。でもそれはほんとのことじゃなくて、僕の脳が勝手に作りあげたまぼろしだったのかもしれない。だからなにも答えなかった」

　綸は両方の拳を握りしめ、じっと地面を見つめている。

「意識が戻ったあと、僕はずっと後悔していました。なぜ止められなかったんだろう、って。

もう時間は巻き戻せないし、彼女は戻ってこない。彼女が武井未都という名前で絵を描いていたのを知って、毎日未都さんの絵を見ていました。『雨音』というシリーズは、どれも同じ水たまりが描かれていて。たぶんそれは未都さんの部屋から見たあの路地の水たまりなんです。彼女は雨が降るたびに、あのベランダから路地を見おろしてたんだな、と思って」

階段坂を抜けながら、最後はずっと車道を歩いた。左手にときどき開けたところがあり、下に湖があるのがわかる。

しばらく行くと、見晴らしのいい場所に出た。立石公園と書かれた石碑があった。

「着いた」

綸はぼそっとそう言って、湖の見える場所に近づいていった。

目の前が開け、眼下に諏訪湖が見えた。日の光で、湖面は青というより白く光って見えた。湖のまわりに人の住む街があり、さらにそれを囲むようにぐるりと山がある。ひとつの世界のようだった。

「槐さん」

綸が湖の方を見たまま言った。

「僕はちょっと怖くなってしまったんです。いざ帯を織りはじめるところまできて、急に怖くなった。だからここに来たんです。海神の話とは関係ない。織りはじめる前に一度諏訪湖を見ておきたかったんです」

「諏訪湖を？　なぜ？」

「未都さんのことがあって、どうしても織りたい気持ちになった。離れに寝泊まりするようになって、最初に二階で糸を見たときがあったでしょう？」

「ああ、洗濯物を干しに行ったとき」

ずっと口を閉ざしていた綸が、あのときはじめて、あお、と言った。

「あのとき、青い糸を見て、急に海みたいなものが頭のなかに広がって……。水の青い色が身体いっぱいになって、これを形にしないと、って思った」

綸は大きく息をついた。

「だけど、どう織るか考えているうちにどんどんわからなくなった。織るというのは、思いをひとつの形に固定する行為でしょう？　染めるのとはちがう。染めただけの糸は、まだ形になっていない。自由なんです。でも織ってしまったら……。そんなことが僕にできるのか。もうすぐ糸が来るって聞いて不安になった。それで、原点に戻ろうと思ったんです」

「原点？」

「『御神渡り』と『明けの海』です」

「それって、着物のこと？　それとも自然現象の方？」

「両方です。前にお祖母さんや伊予子さんといっしょにここに来たって言いましたよね。僕が中学生のときのことです」

「いっしょにって、綸だけ？　多佳子さんたちは？」

多佳子さんが祖母や伊予子さんといっしょに旅行に出かけるとは考えにくかった。

「両親はそのとき海外旅行に出ていたんです。大学生だった兄は両親について行きましたが、僕はあの家に預けられた。その最中にお祖母さんが急に諏訪湖を見たいって言い出したんです。それで週末に、お祖母さんと伊予子さんと茉里さんと僕で下諏訪の温泉に泊まった」

綸が中学生ということは、祖母の亡くなった年からそう離れていないはずだ。

「タクシーを貸し切りにして、諏訪大社をめぐりました。諏訪大社には四つの社があるんですよ。上社前宮《かみしゃまえみや》、上社本宮《かみしゃほんみや》、下社春宮《しもしゃはるみや》、下社秋宮《しもしゃあきみや》って。その四社をめぐって、最後にこの展望台に来た」

「それは『明けの海』を織ったあとだよね？」

「はい。『明けの海』が工芸展で大賞を取った翌年のことでした」

祖母は晩年になって「明けの海」を織った。氷の白を基調にした「御神渡り」とは異なり、淡い青が基調となり、湖面のちらちらする光のように、細かく白い繋ぎ糸がはいっている。たいへんな労作で、織りあげるのに数ヶ月を要した。

自分の持てるものをすべて注ぎこんだという「明けの海」は工芸展で大賞を取った。祖母はもうこの先は織るものがない、と言い、その後は機から遠ざかった。

「そのときお祖母さんから、諏訪湖と製糸の歴史の話も聞いたんです。諏訪湖畔、とくに岡谷は明治時代に製糸で栄えた町で、当時は『糸都《しと》』と呼ばれていたそうです」

「糸都？」

「製糸といえば世界遺産に登録された富岡製糸《とみおかせいし》場《じょう》が有名ですけど、同じ時期、岡谷も製糸の町として栄えていたんだそうです。良質の水が豊富にあり、才覚のある人々もたくさんいた。商人や金融業者、繭を買いつけてくる人……。いろいろな業種の人が町に集って、製糸王国を形作っていたんだって」

戦後、岡谷はしだいに製糸の町から精密機械の町に移り変わっていく。一方、諏訪湖から流れ出る天竜川の下流の伊那では染織が栄えはじめた。祖母が織物の仕事をしていたのも、そうした流れにのるものだった。

松本紬、上田紬、飯田紬、有明紬、山繭紬などとともに信州紬と呼ばれ、一九七五年に国の伝統的工芸品に指定された。信州紬は工業製品ではなく、草木染め、手織りなど伝統的な方法で作られる高級紬として売上をのばした。

しかし、その信州紬もさかりを過ぎ、いまはどの産地も織元を数軒を残すのみになっている。

「お祖母さんは言ってました。『御神渡り』を織ったころはまだ着物の世界に活気があった。でもいまは業界全体が冷えこんでいる。『明けの海』は滅びゆく世界を織ったもので、どうしても自分が織らなくちゃいけない、自分の最後の仕事だったんだって」

「明けの海」は、わたしも展覧会で見た。自分の内側に立ち向かっていくような「御神渡り」とはちがい、どこまでも広がっていくような世界だった。しずかで、光あふれる湖。だがそのなかに、なにかが終わっていくようなさびしさが宿っている。「『明けの海』は死のあかるさを映しこんだ作品だ」という評も見たことがあった。

「いっしょに諏訪湖に行ったのがゴールデンウィークのことで。帰ってからしばらくしてお祖母さんは体調を崩して、秋に亡くなったんです」

　死に近い時期だとは思ったが、その年のことだったのか。木々の葉がざわざわと音を立て、すうっと風が抜けていく。

「槐さん、前、僕に未都さんのことを恨んでいるかって訊いたでしょう？」

「うん。恨んでない、って言ってたよね」

「はじめて未都さんの絵を見たとき、僕は僕が死んだ方が良かったんじゃないか、って思ったんです。僕にはなにもない。社会に出ても成功するとはとても思えない。未都さんみたいに才能のある人が生き残るべきだったんじゃないか、って」

「それは……どうかな。わたしは運命とかそういうことは信じないけど、とにかく生き残ったのは綸の方なんだし」

　そう答えて、湖を見た。

「僕はずっと、未都さんの絵を見ながら、彼女が言っていたことの意味を考えていました。むかしは描きたいものがどこか遠くにあるような気がしてたけど、いまは見えない、っていう。逃げ水みたいなものなのかな、って思いました。近づこうとすると見えなくなる」

「そうかもしれないね」

「必死に目指して歩いているときは、向こうになにかある気がしてる。けど実際にはない」

「人間、どんなにがんばったって結局最後は死ぬだけだから。割に合わないよね。人間を生かしておくために脳がまぼろしを見せてるのかもしれない。目指すものがあると思えば、生き続けられるでしょう?」

冗談めかして言ったが、自分に言い聞かせていたのかもしれない。

「そうしたら、いま僕が持っている青い布を織りたいという気持ちも、やっぱりまぼろしなんでしょうか」

綸が言った。

「さあねえ」

わたしは笑った。

「でも、わたしはまぼろしでもいいような気がする」

「まぼろしでもいい? どういうことですか」

「それがまぼろしだったとしても、人がそれを追いかけるうちに生み出したものは、全部存在するものだからね。お祖母さんの着物も、未都さんの絵も」

「そうですね」

綸がうなずく。

「むかしは、自分が死んだあとのことなんて知ったことか、って思ってたんだよね。死んだあとになにかが残ろうが、人に影響を与えようが、そんなの自分にはわからないし、どうでもいいって。でも残された側からすれば、その人の魂のかけらが残っているのは救いかもしれない」

空を鳥が飛んでいく。何羽か連なって、高くなったり低くなったり、速くなったり遅くなったりしながら、湖の方に向かっていく。

「本人にとっては死んだあとのことなんて無だけどね。でも、そういうことじゃないんだってちょっと思った。みんなほかのだれかが残したもので生きていっているんじゃないかって」

ずっと未都がなぜ死ねたのか疑問だった。自分になにもないと思っても、わたしは死にきれない。なぜ未都は飛べたんだろうと思っていた。

だけど、生きていたっていいよね、とも思った。いつかは死ぬのだから。それまで生きていたって別にいい。まぼろしを追いかけたっていい。結局たどり着けなくても。最初からたどり着く場所なんてなくて、追いかけていくことが生きていくことだから。

「だから、綸は織らないと。まぼろしを織らないと。そうしたらそれが残って、だれかのところに届くかもしれない」

「みんな自分のために織るんじゃないんですね。自分のためのつもりでも、結局はそうじゃない。答えはわからない、満足することもない。僕たちはただ、だれかになにかを手渡すために生きている」

綸は両手を広げた。鳥のように。

どこかに飛び立っていくように、わたしには見えた。

しばらく湖をながめたあと、ふたりで上諏訪に戻った。そこから電車で岡谷に移動し、バスで岡谷蚕糸博物館に向かう。綸は祖母たちと来たときも立ち寄ったらしいが、それからリニューアルして展示も充実したみたいです、と言っていた。

博物館に着き、入場券を買ってなかにはいる。製糸で栄えたころの岡谷のにぎわいがパネルで説明され、さまざまな種類の繰糸機《そうしき》が展示されていた。

このあたりでは、養蚕も製糸も染織も江戸時代からさかんだった。当時はもちろんすべてが手作業。それが明治時代に海外に生糸を輸出するために工業化した。湖畔一面に製糸工場や繭《まゆ》蔵《ぐら》がならび、たくさんの工女たちが働いていた。

工女は十代から二十代がほとんど。小学校を卒業すると工場に働きに出た。伊那も含め、近隣のあちこちから大勢の人が働きに来た。寮の生活は規則正しく、福利厚生も整っていた。夕方仕事が終わったあとや休みの日には町に遊びに出かけ、町もにぎわった。

実際に繰糸機を使って作業している現場も見ることができた。諏訪式繰糸機や上州式繰糸機といった機械がならび、煮え立った鍋のなかに繭がたくさん浮いている。機械の前に座った女性たちが繭から糸を取る。繭はだんだん薄くなり、茶色の蛹の姿が透けて見えるようになる。

博物館の飼育室には生きた蚕がいた。蚕の幼虫は、四回の脱皮を行う。生まれたときの体重から一万倍まで成長し、繭を作る。桑《くわ》の葉を食べて身体に溜めてきたものを糸にして全部吐き出すのだ。途切れることなく、ただ糸を吐き続け、繭を作る。

桑の葉に埋もれ、桑の葉を食べ続ける蚕。眠《みん》という状態にはいり、奇妙な形のまま動かなくなっている蚕。繭棚で繭を作りはじめている蚕もいた。まだ薄い繭のなかで糸を吐く蚕の姿も見えた。糸を吐く。生きている、と思った。繭を作る代わりに身体は小さく縮んで、小さな蛹になる。

養蚕、製糸。明治時代、生糸を輸出することで日本の経済は発展した。製糸が機械化され、巨大な倉庫いっぱいに繭をたくわえ、工場の大きな繰糸機で無数の繭から生糸を作った。そうして大きな町をつくった。

糸都とは、無数の繭でできた化け物だ。そこに生きた人も、結局のところ蚕と似たようなものなのだ。それぞれに迷い、苦しみながら生きても、みんな長い歴史という織物の一部になっていく。人の営みとはそういうものなのだと思った。

博物館を出たあと、バスで移動し、しばらく湖のほとりを歩いた。諏訪湖のまわりを一周するサイクリングロードをふたりで黙って歩いた。

日が暮れて、湖面が暗くなりはじめる。

「そろそろ帰りましょうか」

綸が言った。

「少しはイメージがまとまった？」

「わからないです。でも、いろいろ考えました」

綸が湖を見る。

「絹糸は蚕が吐いた糸でできてるんですよね。蚕が自分の身体を使って一生に一本だけ作る長い糸。伊予子さんが言ってたでしょう、染織は草や木の命を使う仕事だって。製糸は蚕の命を使う。染織は植物の命を使う」

人はそうやって命で織りあげた布をまとって生きてきたんだと思う。

「織り手がかかわるのは織物ができあがる最後の最後だけ。蚕が糸を作り、人や機械が紡ぎ、草や木で染める。藍染めでは微生物の力も借りる。織り手は、そこまでの命の物語を一枚の布にする語り部にすぎない。だから、そもそもこれは僕だけの物語じゃない」

「うん、そうだね」

「藍染めをしていたときも、自分が藍に動かされているような気がするときがあった。人でない生き物に囲まれて、その命に触れて、僕は生きてる、と感じた。その感触がなにより大事なことで……。僕が子どものころに織った布、たぶんあのころは色に対する先入観がなくて、ただ目の前にある色と向き合っていた。それでいいのかも、と思ったんです。あたりまえですけど、いまの僕に完璧なものなんて作れるはずがない。いまの僕にできることしかできない」

綸は晴れ晴れと笑った。

「ダメだったら、また次を織ります」

「え、次？」

「一回織っただけですべてがわかるわけがない。お祖母さんも一生かけてその道を歩いた。先に道があったんじゃなくて、歩いたところが道になった。だから僕も続けようと思う。働きながらでも、僕は僕の道を作る。そう決めたんです」

「そう」

わたしはうなずいた。綸は変わった。川越の家に来たときとは別人のようだ。でもきっとこれが綸のあるべき姿なんだと思った。

岡谷駅に着き、やってきた特急に乗る。

席に座ってから、伊予子さんに、これから帰ります、とメッセージを打った。綸と合流して、いっしょに戻ります、と書き添えて送信する。

しばらくして伊予子さんから、わかった、気をつけて帰っておいで、という返信が来た。

帰っておいで。

そうか、帰るんだな、わたしは、あそこに。

綸は窓から外をながめていたが、疲れていたのか、やがて眠ってしまった。

わたしもその横で目を閉じた。

終章

翌日は三人で朝食をとり、いつもと同じ生活がはじまった。綸はワークショップの準備をはじめ、伊予子さんは自分の機のある部屋に行く。わたしは塾に出勤する。

わたしが出かけるとき、伊予子さんは諏訪湖だったら自分も行きたかったのに、とぼやいた。わたしが、今度みんなで行きましょう、と答えると、そうしたら久しぶりに諏訪大社を見よう、伊那にも行こう、茉里さんも誘おう、とうれしそうだった。

二日後、整経屋から経糸が送られてきた。わたしが塾に出ているあいだに、綸は伊予子さんに教わりながら、一日がかりで機に経糸をかけたらしい。わたしも何度か手伝ったことがあるが、なかなか手間のかかる作業だ。

翌日から綸は一日じゅう機に向かうようになった。綸は緯糸用に、自分が染めた藍の糸を何種類か選んでいた。藍がいちばん元気だったころの濃くあざやかな藍から、死ぬ間際の淡い藍まで。それから綸がここに来てから染めた、臭木やどんぐりや桜などの草木染めの糸。

「なんでも試してごらん。自分の気持ちにしたがって織りなさい」

伊予子さんにそう言われ、綸はいろいろ試しながら織り進めているようだった。

週末、伊予子さんが織った布を受け取りに鈴音がやってきた。年末に布小物作りの話をもらってから織っていたもので、ピンクを中心に、白、水色、藤色などを織り交ぜた「佐保姫《さほひめ》」と、淡いグリーンや黄色を中心とした「若草」という二種類の反物だった。

「きれいですねぇ」

広げた反物を見て、鈴音は顔をほころばせた。

「気持ちのままの規則性のない織り方ですから、場所によって見え方が変わると思います。でも、どこを取っても大丈夫なように織ったつもりです」

「こうして一枚で見ると、ほんとうにきれいです。切ってしまうのがもったいない。やっぱり着物にするのがいちばんなんでしょうけど」

「着物として着てもらいたい気持ちはありますけど、まずは多くの人に紬を楽しんでもらいたいですから」

伊予子さんが微笑む。

「そうですね。大事に使います。きっといいものができると思います」

「どちらも春らしくて、素敵ですね」

いっしょに布を見ていた綸が言った。

「これまでの伊予子さんの布とはちょっとちがいますよね。少し軽い、というか、やわらかい雰囲気で」

わたしもそう言った。

「鈴音さんのお店の写真をネットでいろいろ見て、雰囲気を合わせてみたんだよね。紬を知らない人でも受け入れやすいように、あかるい色合いにして……」

「すごくいいと思います」

鈴音も微笑んだ。

「よかった。わたしのお客さんだと、どうしても渋い色に行きがちで。でも、ワークショップに来ている方たちの作品を見ると、淡い色だけで織る方も多いでしょう？　それで、こういう色合いの方が喜ばれるのかな、と思って。でも、こんなにあかるくていいのかちょっと不安になってましたから」

「服となると若い人でもモノトーンとか、ナチュラルカラーを好む方が多い気がします。でも、小物はもう少し自由で、気分で選ぶというか……。あかるい気持ちになりたいからあかるい色、とか、いまの季節に合わせて、とか。それに、紬のこの手触りがすごく素敵です」

鈴音が布を軽くなでる。

「伊予子さんの織ったものって、なんでも受け止めてくれるような雰囲気があるんですよね。着物も、一枚でぱっと目立つわけじゃないけど、合わせるものによって雰囲気が変わるし、着る人の良さを引き出してくれる。お得意さんはみなさんそうおっしゃいます」

わたしはそう言った。わたし自身もずっと感じていたことだった。

「母にはよく叱られたんだけどね。わたしの織る布には一枚で立つ強さがない、って。そういう強さがないと売れないよ、って」

伊予子さんは力なく笑った。

「時代が変われば求められるものも変わるんじゃないですか。伊予子さんは伊予子さんらしい布を織ればいいんですよ」

「そうですね。これはきっとうちの店のお客さんには響くと思います。また夏、秋、冬、って柄と形を変えて出していけたらと思っているので、よろしくお願いします」

鈴音がぺこっと頭をさげた。

「あと、前に話した体験プログラムのこと、どうですか？　システムと人手の問題もあるという話だったので、わたしも少し考えてみたんです。この前わたしが受けた染めて織るワークショップはそのままいまのシステムで続けていただいて、うちのは季節のワークショップのような形で、一年に数回だけ、染めて織るのとはちがう形でおこなう、というのはどうかな、と」

「ちがう形？」

「染めはなしで、もう少し大きなタペストリーとか、ストールを織るとか」

「ストール……。ストールはいいかもしれませんね。実用的だし」

伊予子さんがうなずく。

「一五〇センチくらいって考えると、慣れてる人なら二日で織れるでしょうか。土日で二日間、とか……」

そう言って、伊予子さんを見た。

「そうだね、二週間に分けるとなると、そのあいだその機は使えなくなってしまうし。二日続けて織ってもらって終わりにした方がいいね。三ヶ月に一度、いまのワークショップの代わりに一週だけ別のワークショップを入れるんだったら可能かもしれない。槐さんがよければ、だけど」

伊予子さんの言葉を聞いて、やってみたい、と思った。塾の仕事を少し減らせば……。

「僕も手伝います」

わたしが答える前に、綸の声がした。

「参加者の皆さんに話を訊くと、平日にも開催してほしい、っていう方がけっこういらっしゃるんですよね。平日の教室を増やせば、これまでの常連さんの枠も確保できると思うんです。槐さんは平日は塾の仕事があるけど、僕は平日でもできますから」

「綸がひとりで教えるってこと？」

伊予子さんが目を丸くした。

「綸はもうなんでもわたしよりできますから。わたしのときと同じように、最初のお話だけ伊予子さんにしてもらえば、染めや織りの説明は綸にもできるはずです」

「でも、お客さまの前に立つってことだよ、大丈夫？」

伊予子さんは心配そうだ。ここに来たときはだれとも口をきかなかったくらいなのだから、当然かもしれない。

「はい。もう大丈夫です。だいたい、それができないようではどこにも就職できないですよ」

綸が笑った。

「大学の授業は？」

「もう卒業に必要な単位は取れてるんです。あとはゼミと卒論だけですから、大学に行くのは週に一度でいいんです。平日に二日くらい教室があってもなんとかなります。とりあえず来年の春までは大学生ですし。伊予子さんの家にこのまま住み続けられるように親に頼んでみるつもりです。大学もここから通えますし」

「多佳子さんたちがいいって言うかな。この前来たときは、絶対帰ってこいっていう雰囲気だったじゃない？」

「説得します。復学して就活もすると約束すれば、認めてくれるはず。僕ももう成人ですし。これは僕の人生です。自分で決めます」

「でも……」

伊予子さんは不安そうだ。

「ほんとは僕も染織の道に進みたいんです。その道で生きていくのはたいへんだっていう父の話もわかっているつもりですが、どうしてもあきらめきれない。だからこの一年だけでも、この仕事を手伝いたいんです」

綸はまっすぐに伊予子さんを見た。伊予子さんはじっと黙り、なにか考えている。

「わかったよ。忠彦さんと多佳子姉さんにわたしからも頼んでみる」

しばらくして伊予子さんがそう言った。

「年末、忠彦さんに言われたことがずっと気になってたんだよね。母の染織を引き継ぐって話。いままでずっと、わたしは母さんみたいになれないって思っていた。あれは母さんだけの仕事で、母さん一代で終わり。継ぐものじゃない、って。でもあのあと、それは逃げだったんだって気づいた」

「逃げ……？」

「わたしは母さんの織物が好きだった。あの世界を絶やしたくない。でも自分にそれができる自信がなかった」

伊予子さんがうつむく。

「母さんの残り火なんて言わずにわたしがちゃんと踏ん張っておけば、忠彦さんに対しても、綸を預かります、ひとりだちするまで面倒を見ます、って強く言えた。染織はちゃんとした仕事で、それで生計を立てられる、って……」

伊予子さんの声がふるえている。

「だって綸は、城倉志満子の孫なんだよ」

その言葉に、綸の身体がびくんとする。

「綸を見てて思った。綸には母さんと似た、熱く燃え盛るものがあるって。だから帯を織らないか、って誘ってしまった。もう一度、間近で熱く燃え盛るものを見たかった。それはわたしの欲だってわかってた。でも、それを認めるのが怖くて……。けどね、思ったんだ。人間なんだから、欲があってもいいんじゃないか、って」

そう言って顔をあげ、わたしたちを見た。

「あってもいいですよ。決まってるじゃないですか。欲があるのが人間ですよ」

わたしはそう言って、伊予子さんの肩を抱いた。

欲とはまぼろしを追いかけること。ありもしないものを追いかけること。それでもいいじゃないか、と思った。まぼろしには手が届かないかもしれない。失敗するかもしれない。のぼりつめてもしぼんでしまうかもしれない。

それでも、人にはまぼろしを追う自由がある。

「がんばります。いましかできないことをしたい。だから、お願いします」

綸は姿勢を正し、深く頭をさげた。


翌日の夜、綸は伊予子さんといっしょに実家に戻り、忠彦さんと多佳子さんと話して、大学にいるあいだ川越の家の離れに住むことを認めてもらったらしい。もちろん快く聞き入れられたわけではない。大学をきちんと卒業すること、就職活動をすることが条件である。

わたしも鈴音の店の体験プログラムに組み入れてもらうことを真剣に検討することにした。いまのやり方では教室も頭打ちだが、体制を整えればもっとたくさんの人を呼べるかもしれない。そうしたらスタッフだって増やせるかもしれない。

塾の仕事をしながら織物の技術を学び、綸が卒業して教室を手伝えなくなっても自分が引き継ごうと思った。祖母や綸のような染織の才能はないけれど、実務的なことはできる。母の娘だし、営業だってきっとできる。

そう決めて、鈴音に電話した。

「よかったね」

わたしの話を聞いたあと、鈴音はそう言った。

「槐はさ、いろんなことができる人なんだよ、その気になれば。やりたいことが見つかったってことだよね」

「やりたいこと……」

そうなんだろうか。これが自分のやりたいことなのか、よくわからない。母が言っていた何者かになるというのともちがう気がする。

でも、この家の織物をどこかに届けたい、という気持ちはあった。伊予子さんの布は派手じゃないけど、やさしさに満ちている。人をしあわせにできる力を持っている。

「綸くんが卒業するまでに教室を安定させたいよね。そしたらご両親にもそこで働き続けることを承諾してもらえるかもしれない」

「え、それはさすがに……」

無理だ、と言いかけて、のみこんだ。無理だと言ってしまったらなにもできなくなる。

「とりあえずうちの会社に就職するっていう手もあるよ。一応新卒を採る予定だから」

「鈴音の会社に……?」

「将来染織の道に進むとしても、販売について学んでおくのは悪いことじゃないでしょう?

会社でないと学べないこともたくさんあるから」

　鈴音の言う通りだ。最初から染織一筋になることもない。現代に合うものを作るためには染織以外のことに触れる経験も必要だ。

「そうだね。話してみる」

　わたしは答えた。


　週末、母の赤い着物を出し、虫干しすることにした。

「やっぱりきれいよね。槐さん、着てみたら。せっかく持ってるんだから」

　部屋に干した着物をながめて、伊予子さんが微笑む。

「そうですね。いままでなんとなく袖を通す気になれなかったんです。わたしには似合わない気がして。でも今度着てみようかと」

　わたしも着物を見あげた。

「似合わないことないよ。槐さんは珠美子姉さんによく似てるもん」

「そうでしょうか？　母みたいに美人じゃないと思いますが」

「ううん、似てるよ。顔立ちだけじゃなくて、魂も」

　伊予子さんが微笑む。

「珠美子姉さんはきれいだった。いまでも覚えてるよ。子どものころから、わたしはずうっと珠美子姉さんにあこがれてた。きれいで、強くて、かっこ良くて。いつだって戦ってた」

「そうですね」

もっと賢い生き方だってあったと思う。でも、母は母なりに精一杯生きた。

「槐さん、ごめんね」

突然、伊予子さんが頭をさげる。

「なにがですか?」

「珠美子姉さんがたいへんだったとき、なにもできなかった」

「いえ、それは……」

「いまさら謝ったってどうにもならないけど。でも、姉さんが亡くなったとき、決めたんだ。もし今度チャンスがあったら、そのときは後悔のないようにしようって」

言葉を失った。

底の知れない人だと思っていたが、伊予子さんはそんなふうに考えていたのか。綸やわたしをこの家に住まわせたのも、そんな思いからだったのか。

「子どものころ、珠美子姉さんからよく言われてたんだ、あんたはよくわからない、って。なにを考えてるのか全然わからなくて、見てるといらいらする。でもなにか考えてるのはわかる。だからもう少し、自分のやりたいことをやれ、って」

「そんなことを……?」

母が言いそうなことだった。

「そう言われても、やりたいことがなんなのか、よくわからなかったんだけどね」

伊予子さんは泣きそうな顔で笑った。

「でも、いまは、ちょっとわかる。だからこの道を行こうと思う。この年になって、って思うけど、いまからでも、やらないよりはいいよね」

だいぶ時間が経ってからではあるが、母の言葉が伊予子さんを動かした。こんなふうに届くこともある。この世に母がいた証のようで、少しうれしかった。

「そうですよ。やった方が絶対いい。うまく言えませんけど、わたしは好きですよ。伊予子さんの織物も、伊予子さんも」

そう言って微笑んだ。

「ありがとう」

伊予子さんは手で顔を押さえ、泣いた。

自分の心を守るためにはひとりで生きていくしかない。わたしはだれも背負えないから、わたしもだれも頼らない。そう思って生きてきた。

だけどだれかと手を繋がないと越えられない壁もある。おたがいにわかりあうためじゃない、壁を越えるために手を繋がないといけないときがある。

下から機織りの音が聞こえる。伊予子さんが顔をあげる。綸が帯を織りはじめたのだろう。

「綸、今日は垂れからお太鼓にはいるって。昨日の夜、裂を長いことながめてたっけ」

伊予子さんがうれしそうに言う。

わたしも帯を織ってみようかな。

ふとそう思った。綸みたいにいろいろな色を入れるのは無理だけど、一色で織るならできないことはないだろう。草木染めは同じ種類の植物を使っても、常に同じ色に染まるわけではない。だから一色で織っても変化が出る。

たとえば前に織った槐の糸で。この赤い着物にも合う気がする。

「見に行ってみようか」

伊予子さんが涙をふいて、階段の方に歩き出す。

「そうですね」

いっしょに下におりると、機織りをする綸の姿が見えた。杼にさまざまな色の糸を取りつけ、杼をくぐらせては筬で叩き、色を入れ替える。一心に織り続けている。ときどき杼を投げる手が止まる。緯糸に繋ぎ糸を入れている。

綸がここに来てからのあれこれが頭をよぎる。二階で青い色の糸を見たときのこと、臭木で糸を染めたときのこと。どんぐりの手入れをしたときのこと。藍染めをはじめたときのこと。海神の事件、それから諏訪湖に行ったときのこと。

諏訪湖から戻って少し経ってから、わたしは綸に、未都の最後の言葉を海神に伝えていいか訊いた。海神もあれだけその言葉に執着したのだ。彼が求めるものとはちがうかもしれないけれど、それを知ることで気持ちが落ち着くかもしれないと思った。綸は少し考えてから、いいですよ、と答えた。

海神の動画のチャンネルもＳＮＳもずっと更新されていなかったし、それで連絡がつくのかわからなかったけれど、ＳＮＳに記されていたアドレスにメールを送った。数日後「ありがとう」とだけ書かれたメールが返ってきた。

もう会うこともないだろうが、どこかで元気にしていてくれ、と願う。

夜、ひとりで部屋にいると、やっぱりいまでも闇に襲われるときがある。人生が果てのないものに思えて、苦しくて、吐きそうになる。これだけは性分だから仕方ない。来たら耐えてやり過ごす。だが、闇がわたしを飲みこむことはないのだと、もう知っている。

あの闇の正体は、もしかしたら死の気配なのかもしれない。いまはそう思う。わたしの横にいつもじっと寄り添っている「死」というもの。人はみないつかこの世から消える。みぞれの夜に死んだ母のように。

生きているかぎり、その恐怖はいつもとなりにあって、生きるとはそれに耐え続けることなのだ。生きる目標があれば、楽しみがあれば、守るものがあれば、そのことを忘れていられるかもしれない。でもそれがなかったら？　ひとりでただ恐怖に耐え続けるだけの日々が苦しかった。

だが、少しわかった。つまり、わたしは死にたいわけじゃない。

わたしは生きたいんだ。

死には勝てない。命はいつか尽きる。何者にもなれなくていい。ただ自分の生をまっとうすればいい。

綸の織るもの。伊予子さんの織るもの。それをしっかり見届けたいと思う。だれかのところに届くよう、力を尽くしてみたいと思う。

きっと、それは楽しいこと。

綸の織っている布が見える。さまざまな色が重なり合い、ひとつの世界を作っていく。

とん、ととん。

綸が筬で叩く音が響いて、その先に光る湖が広がっている。

主要参考文献

『ちよう、はたり』　志村ふくみ（ちくま文庫）

『私の小裂たち』　志村ふくみ（ちくま文庫）

『いのちを織る』　志村ふくみ（東京美術）

『日本の色辞典』　吉岡幸雄（紫紅社）

『民藝の教科書2　染めと織り』　監修・久野恵一　著・萩原健太郎（グラフィック社）

『岡谷製糸王国記——信州の寒村に起きた奇跡』　市川一雄（鳥影社）

本書の執筆に先駆け、アトリエシムラ東京・成城において「染めと織りのワークショップ」を数回受講しました。草木染めや機織りを行いながら染織に関するお話をうかがうことができ、大きな学びがありました。心より感謝いたします。

本書は書き下ろしです。

プロフィール

ほしおさなえ
作家。1964年東京都生まれ。1995年「影をめくるとき」が群像新人文学賞小説部門優秀作に。おもな著作に「活版印刷三日月堂」「菓子屋横丁月光荘」「紙屋ふじさき記念館」「言葉の園のお菓子番」などの文庫シリーズ、『金継ぎの家』『東京のぼる坂くだる坂』、児童書『お父さんのバイオリン』、「ものだま探偵団」シリーズなど。

まぼろしを織る

2024年1月15日　第1刷発行

著　者　ほしおさなえ

発行者　千葉均
編　集　森潤也
発行所　株式会社ポプラ社
〒102-8519
東京都千代田区麹町4-2-6
一般書ホームページ　www.webasta.jp
組版・校閲　株式会社鷗来堂
印刷・製本　中央精版印刷株式会社

N.D.C.913 300p 19cm ISBN 978-4-591-17970-3

つぎはぐ、さんかく

菰野江名

惣菜と珈琲のお店「△」を営むヒロは、晴太、中学三年生の蒼と三人きょうだいだけで暮らしている。ヒロが美味しい惣菜を作り、晴太がコーヒーを淹れ、蒼は元気に学校へ出かける。しかしある日、蒼は中学卒業とともに家を出たいと言い始める。これまでの穏やかな日々を続けていきたいヒロは、激しく反発してしまうのだが、三人はそれぞれに複雑な事情を抱えていた――。第11回ポプラ社小説新人賞受賞作。

〈単行本〉

毒をもって僕らは

冬野　岬

高校生の木島道歩は、尿路結石で入院していた病院で16歳の誕生日を迎えた。そんな木島に「ねえ、君にお願いがあるんだ」と声をかけてきたのは、不治の病とたたかう綿野という少女だった。「この世界の、薄汚い、不幸せなことを私に教えてくれないか。もっと、もっと、もっと」――。第11回ポプラ社小説新人賞〈特別賞〉受賞作。

〈単行本〉